康巴作家群书系（第五辑）

獒的末路

元旦达吉　著

作家出版社

“康巴作家群”书系编委会

为“康巴作家群”书系序

阿 来

康巴作家群是近年来在中国文坛异军突起的作家群体。2012年和2013年，分别在四川文艺出版社和作家出版社出版了“康巴作家群”书系第一辑和第二辑，共推出十二位优秀康巴作家的作品集。2013年，中国作协、中国社科院少数民族文学研究所、中国少数民族作家学会等在北京联合召开了“康巴作家群作品研讨会”，我因为在美国没能出席这次会议。在继2015年、2016年后，2019年“康巴作家群”书系再次推出第五辑。这些康巴各族作家的作品水平或有高有低，但我个人认为，若干年后回顾，这一定是一个重要的文化事件。

康巴（包括四川省的甘孜藏族自治州、西藏的昌都地区、青海的玉树藏族自治州和云南的迪庆藏族自治州）这一区域，历史悠久，山水雄奇，但人文的表达，却往往晦暗不明。近七八年来，我频繁在这块几十万平方公里的土地上四处游历，无论地理还是人类的生存状况，都给我从感官到思想的深刻撞击，那就是这样雄奇的地理，以及这样顽强艰难的人的生存，上千年流传的文字典籍中，几乎未见正面的书写与表达。直到两百年前，三百年前，这一地区才作为一个完整明晰的对象开始被书写。但这些书写者大多是外来者，是文艺理论中所说的“他者”。这些书写者是清朝的官员，是外国传教士或探险家，让人得以窥见遥远时的生活的依稀面貌。但“他者”的书写常常导致一个问题，就是看到差异多，更有甚者为寻找差异而至于“怪力乱神”也不乏其人。

而我孜孜寻找的是这块土地上的人的自我表达：他们自己的生存感。他们自己对自己生活意义的认知。他们对于自身情感的由衷表达。他们对于横断山区这样一个特殊地理造就的自然环境的细微感知。为什么自我的表达如此重要？因为地域、族群，以至因此产生的文化，都只有依靠这样的表达，才得以呈现，而只有经过这样的呈现，才成为真正意义上的存在。

未经表达的存在，可以轻易被遗忘，被抹煞，被任意篡改。

从这样的意义上讲，未经表达的存在就不是真正的存在。

而表达的基础是认知。感性与理性的认知：观察、体验、反思、整理并加以书写。

这个认知的主体是人。

人在观察、在体验、在反思、在整理、在书写。

这个人是主动的，而不是由神力所推动或命定的。

这个人书写的对象也是人：自然环境中的人，生产关系中的人，族群关系中的人，意识形态（神学的或现代政治的）笼罩下的人。

康巴以至整个青藏高原上千年历史中缺乏人的书写，最根本的原因便是神学等级分明的天命的秩序中，人的地位过于渺小，而且过度地顺从。

但历史终究进展到了任何一个地域与族群都没有任何办法自

外于世界中的这样一个阶段。我曾经有一个演讲，题目就叫做《不是我们走向世界，而是整个世界扑面而来》。所以，康巴这块土地，首先是被“他者”所书写。两三百年过去，这片土地在外力的摇撼与冲击下剧烈震荡，这块土地上的人们也终于醒来。其中的一部分人，终于要被外来者的书写所刺激，为自我的生命意识所唤醒，要为自己的生养之地与文化找出存在的理由，要为人的生存找出神学之外的存在的理由，于是，他们开始了自己的书写。

正是从这个意义上，我才讲“康巴作家群”这样一群这块土地上的人们的自我书写者的集体亮相，自然就构成一个重要的文化事件。

这种书写，表明在文化上，在社会演进过程中，被动变化的人群中有一部分变成了主动追求的人，这是精神上的“觉悟”者才能进入的状态。从神学的观点看，避世才能产生“觉悟”，但人生不是全部由神学所笼罩，所以，入世也能唤起某种“觉悟”，觉悟之一，就是文化的自觉，反思与书写与表达。

觉醒的人，才是真正的人。

当文学的眼睛聚光于人，聚光于人所构成的社会，聚光于人所造就的历史与现实，历史与现实生活才焕发出光彩与活力。也正是因为文学之力，某一地域的人类生存，才向世界显现并宣示了意义。

而这就是文学意义之所在。

所以，在一片曾经蒙昧许久的土地，文学是大道，而不是一门小小的技艺。

也正由于此，我得知“康巴作家群”书系又将出版，对我而言，自是一个深感鼓舞的消息。在康巴广阔雄奇的高原上，有越来越多的各族作家，以这片大地主人的面貌，来书写这片大地，来书写这片大地上前所未有的激变、前所未有的生活，不能不表达我个人最热烈的祝贺！

文学的路径，是由生活层面的人的摹写而广泛及于社会与环境，而深入及于情感与灵魂。一个地域上人们的自我表达，较之于“他者”之更多注重于差异性，而应更关注于普遍性的开掘与建构。因为，文学不是自树藩篱，文学是桥梁，文学是沟通，使我们与曾经疏离的世界紧密相关。

（作者系四川省作协主席，茅盾文学奖、鲁迅文学奖获得者，这是作者为“康巴作家群”书系所作的序言）

目录

散文篇

小说篇

放 生

这边的人，多数是不食鱼的，尤其是年岁大的人。其原因一时也说不清。

记得在我小的时候，就尝过鱼的腥味。小时候会从家里摸出一根针，到朋友家。将针头炙于烛火上，用钳子将针端折成弯钩，便造出了一弯简易的鱼钩。这种简易的鱼钩，自然也能钓上几条体格不大的石斑鲤。那时我们就称之为鱼。钓上的鱼，当然会和小伙伴们，用细树枝串起来烤着吃。到现在我还是不能理解，那时我们为什么会有那种举动。但那时也是我初次尝到了鱼肉的味道，不过是腥味里熏着燃烧树枝的苦涩，并没有觉得鱼肉鲜美。

我逐渐成长，走出了大山，到外地读书。

数年后，我回到故乡。我的胃里不只残留着牛羊肉的碎渣，还残存了鱼肉的渣子。

回到大山后的一个百无聊赖的下午，我胃里翻腾着对鱼肉鲜美味道的馋意，走向了一家水产店，在鱼缸里用目光搜寻着目标。

鱼缸里有十几条慵懒的草鱼，这种鱼，并不是我们藏区现有鱼的品种。它们拥挤地相互摩擦着身上的鱼鳞，有几片鱼鳞脱落在鱼缸底部。

鱼缸底下的树桩案板上粘着一些血迹，混杂着几片鱼鳞。能推测出，今天有不少鱼在这案板上被夺走了生命。案板上的血迹和鳞片，开始动摇了我买鱼回家烹饪的想法。可我还是站在鱼缸边，等待一条翻着白肚皮的鱼彻底不再抽动身体后，将它买走。

水产店老板早就注意到我的伫立，当然也问了我需要什么。我并未回答，我若表明来意，水产店老板定会当场宰杀一条鱼卖给我。可这是我不能接受的怜悯理念，我只能接受与我无关的死鱼。其实，我能想到，即便是要了鱼缸里的一条死鱼，也只是在有意躲避自责罢了，接下来马上会有另一条鱼补位。我只是寻求一个安心的理由罢了，还是继续等待鱼的“自然死亡”，似乎期待它的死亡早些到来。

等待中，果然一条鱼的白肚皮翻了上来，眼看时机已成熟。但就在此时，水产店门口出现了几个人。其中的一个人手里攥着很多零钱，而另一人提着黑塑料袋径直走向鱼缸旁，并把水产店的老板喊了过来。

“喂，老板，这些鱼我们全买了，多少钱？”他们其中的一个人用不太标准的汉语问道。

水产店老板清点着鱼缸里的草鱼，并在计算器里输入了数字。此时，在我看来，这些鱼只是成了一串数字。

就在我锁定着鱼缸里垂危的鱼时，他们其中一个人走向我问：“你也是来买鱼的吗？”

我点了点头。

另外一个人紧接着说：“那太好了，我们一起买下这些鱼，把它们放了，那可是大功德呀！”

我不作声，居然把兜里的钱递了过去。他们一行人，将鱼缸里的鱼连带水倒进了黑塑料袋里。离开时他们脸上洋溢着满足的笑颜，一一和我热情地告别，其中一人嘴里还赞颂着，祈祷着离去。

我的目光落进空的鱼缸里，脑子里也空白了。

就在我转身离开时，水产店老板又在空的鱼缸里倒入了十几条鲜活的草鱼。它们在鱼缸里相互碰撞，溅起了带有鱼腥味的水滴。像是反抗，又像是对塑料鱼缸的惶恐。

《西北作家》参赛作品

以此荣获小小说在线2017年度“十大文学金星”称号

云帆群星冠亚军大赛荣获季军

融化的白石子

母亲显得有些异常，早早地就归来了。

比往常抱我们抱得更紧。

从我们睁眼起，我俩只会动辄哭泣喊饿。全靠母亲喂饱我俩。

高原的春天总会姗姗来迟，天气早就暖和了许多，但小草只是钻出了半截脑袋。太阳就像引燃的火球，火红火红的。湛蓝的天空上只有几朵闲散的云朵。暖暖的阳光照在小草嫩尖上，欲要全身钻出地面。身边的石头吸收了一些阳光，我们也暖和了些，风轻盈地吹着口哨。

可，母亲为何要盖住这些景物，不让我们仰望？

突兀地，天空脸色转阴。一颗拇指大小的白石子击在我们身边的石头上，瞬间溅起白色的碎渣。紧接着，又有更多的白石子砸在我们身边。母亲丝毫没有动弹，只是把头压低，像是俯首迎接。

最终，有一颗白石子击中了母亲的身体，也许是因为我俩贴紧她的身体，清晰地听到一声发闷的响声。母亲发出一道积弱的“吱吱”声，像是叹息。当更多的白石子击中她的身体后，我们听到了骨头断裂的脆响和她连连发出的哀鸣。

白石子落到地面跳跃着发出嘈杂声，不断地从高空中击到地面的石头和母亲的身上。母亲只是将头压得一低再低，直到听不到她的低鸣，不再动弹。

一切都在白芒和窸窸窣窣的嘈杂中结束。白石子不再从高空中坠落，又恢复了平静。

我们嘶鸣，母亲却不再作声。我俩通力顶开母亲盖在我们头顶上的躯体。身边都是白石子，很冷，很硬。

母亲温热的体温逐渐消失，变得僵硬。周遭坚硬的白石子渐渐融化，化成了水。原来母亲是那么强硬，白石子是那么脆弱。死寂的乱石中，小草垂头默哀，只有两只雏鸟仍在悲鸣。

《潍坊教育》《华文作家报》发表

冬 花

这是一个就连麻雀都嫌吵闹的清晨，人们熙熙攘攘，吵吵闹闹，蜂拥到山脚。顶峰积雪的山，也刚好拉开晨阳暗淡的幕布。灰暗的山谷也逐渐亮了起来。不断拥到山脚下的人，有一些是闻讯赶来，有一些则是见景前来一探究竟。他们有献哈达的，有立经幡杆的，有膜拜的，也有窃窃私语的，当然还有暗藏质疑的。山坳里挤满了人，哈气蔓延碎语的啁啾在嘴边结冰珠落下。

满脸皱纹的老妇女将念珠拨动在拇指和食指的老茧上，严厉地训话："快住嘴，怎么会是胡诌？可不敢亵渎山神。"随后从怀里掏出哈达恭恭敬敬、颤颤巍巍地献上。

大腹便便的男人脖间晃动的粗金项链足以让他气喘吁吁："(大口喘气)……别推搡了，我买了好多经幡让我系到高处……(大口喘气)"

老老少少、男男女女道来闲言碎语：

"是真的吗？"

"不知道，别诘问我。"

"反正没敢拔，但不像本地的花种。"

"嘎！我可没说不是真的，听说是一夜长出来的。"

"少说谮言，别人都拜着，我们也别示弱。"

"反正，以后没人敢在这座山上建房了。"

这朵花煽起了当地人沸沸扬扬的传言，如向牛粪火堆里投石一样火星四燎。但闲言碎语如同这朵冬花短暂的寿命一般在暮色里枯萎。倒是住在离冬花最近的那户人的指尖缝里依稀残留着谎言的泥土，在虔诚的膜拜间暗自窃喜地瞥视冬花。

《泥香》发表

爆米花老人

一天的忙碌，在出租车停靠小区门口时才算结束。下了出租车，零钱也付给了司机。站在小区门口，才发现暮色比我先赶到了小区的院子里。初冬的寒气也随之赶来。

几步之后，在小区门口边，竟有微弱的火光闪烁。再向前几步，一个黑影在一团小火中忽亮忽暗。是爆米花老人，已经多年没有见过这样的身影了。他上身宽大黑色的衣服，将整个人裹了起来。头上戴的黑毛线帽，将他瘦长的脸缩紧得更加消瘦。黯淡的脸，在晃动的火光中被烟雾抹黑。

他身边堆着一堆牛粪，爆米花散落了一地。这让我迅速回想起了小时候提着牛粪，向家人要一小缸子米，奔向爆米花老人的记忆。让爆米花老人炸出一锅米花的兴奋劲儿此时已经没有了。小时候对火焰中转动的圆锅，既害怕崩出的巨响，又期待瞬间将长袋子充满爆米花的喜悦。

也许是因为小时候有爆米花的场景在脑海里，我就停在爆米花老人跟前，可他跟前没有一个小孩。我踩着零散的爆米花，开始翻兜里的零钱，翻遍所有的兜后才想起来，我没剩零钱。爆米花老人已经察觉到我迟迟不掏钱的缘故。我停止了翻兜，在微光中，瞄着爆米花老人深陷的眼窝说：“能刷红包吗？我没带现金。”

“我不会用那个呀，我的手机只能打电话。”他的回答比火焰燃烧的窸窣只大一点。老人顺手抓起了左手边半小袋爆米花，伸向了我：“你吃这个吧！”

我正在犹豫，他又补了下一句：“好吃，给你。”

我竟然接到手里。

我道谢，老人面无表情。像是夜里的寒气冻僵了他的脸。转身离开时我回望，老人整个黑色的身影融进夜色，灵光的火星像夜里的寒燎。

到家，我背靠沙发，闭目片刻。猛然睁眼，攥着二十元，在夜色中找到爆米花老人，拿了两袋。他脱掉手套，探出黝黑的手，用黑色如铁的手指捏住十元，递给我，我接过钱。此时，火光将老人的嘴角照成了上扬的亮光。我转回身，踩着散落的爆米花离去。

小小说在线2017年度
“寒梅香”大赛，荣获优秀奖

父亲的宝物

太阳将暖光洒在了老人身上，老人和着衣，昏昏欲睡，藏袍无精打采地黏贴在他身上。老人坐在一间破旧的土房前，与自家的藏狗挨在一起。

“啊呀呀！我的兄弟，如果不是反复端详，我都不敢认你了。”老人被一个熟悉的声音唤醒。

使劲眨巴了几下眼睛，他才认出这位久别的故友。再次确认这不是在做梦后，羞愧的老人巴不得整个人钻进藏袍里。

“我的好兄弟，人生无常，但是作为你的好友，还是请你不加遮掩地告诉我，这是怎么了？”

老人迟疑了片刻，直到眼泪控制不住地滑到嘴角，才哭诉道：“我久违的好兄弟，家丑不可外扬啊。那三个不孝的逆子，嫌弃我老了，不赡养我啦。”说着话，他胡乱擦了擦眼睛。

“我不幸的兄弟，我替你感到悲哀和愤怒。这可怎么能行呢？”故友继续宽慰道，“一定要好好教训这三个不孝顺的孩子。我的好兄弟，年轻时只有一碗糌粑也要让给孩子们吃的你，不该有这种下场。快快擦去让人伤心的眼泪，我一定为你扭转局面。”

老友俯身，给老人仔细交代一番便离开了。

翌日，老人的故友身着华丽的藏袍，颈间戴着一颗一只手都握不全的九眼天珠，肩上搭着一串串拳头一般大的蜜蜡，像是一名腰缠万贯的大商人，大摇大摆地从老人所在的村子里招摇而过。他的口中念念有词：“我初来此地，早听说这里是神仙眷顾的地方，有奇石宝物，今日特来试试运气。”

这消息一传十，十传百，传遍了村里的每个角落。直到老人的故友见到村里亮宝的人群中出现了那三个兄弟后，才摆出一副看不上此村的样子，用高傲又带着失望的神态推开人群往村外走。到了村口，他用高傲的目光瞥了瞥晒太阳的老人。老人与昨日有所不同，手里多了一块绸缎。

老人的故友停下了脚步，指着老人手里的绸缎说道：“你这糟老头，可有什么宝物，竟用绸缎包裹，打开看看。”

他蹲在老人身边，打开绸缎里的东西端详了片刻。只见他表情肃穆，眼睛睁得有如满月，大呼道：“哦呀呀！上天庇佑，这可是难得的宝物，在你手里真是暴殄天物。”随后，他的神情更加严肃，声音也更大了，“你这老头子，真是不知道上辈子积了什么德，能拥有这样的宝物，快点和我交换吧！我不会让你吃亏的。”

话音刚落，老人却迅速包裹好宝物抱入怀里。

故友见状，做出可怜的表情说：“被老天眷顾的老人，我知道此宝物非同寻常，以我现有的财物是换不来你的宝物的，但我只恳求你一件事，请给我一些时间，等我攒足财物后，就来和你交换，可以吗？”这种再三的央求，就像临终时的嘱咐。

老人摆出一副不情愿的表情，勉强地点了点头。那三个兄弟在暗处看到这番情景，既惊讶又焦急。从那之后，他们对父亲的态度变得异常和善，抢着带父亲到自家尽孝，并当众起誓要赡养老人、为老人送终。

三个兄弟你争我夺，最终达成协议——轮流赡养父亲。他们都极力地挽留父亲，希望父亲能在自己家里多住些时日。

数年后，老人无疾而终。三个兄弟抢着办理父亲的后事，以表现自己的“孝心”。几番争夺之后，三个兄弟决定在众人的见证下将父亲留下的宝物一分为三。没想到，当众揭开绸缎后的三兄弟又羞又恼——一大块冰冷的石头在绸缎里，仿佛在说：“父亲视孩子如宝，孩子心里却装着石头。”

《中国民族报》发表

玉树州宣传部“新玉树，

新形象”征文，荣获一等奖

高原夜魔

一

它善于用黑夜做掩护，隐藏干瘪的躯体于阴森的角落里，窥视，一双深邃阴冷令人胆寒的凶光，眈眈人心里的隐晦处。嗅到心怀诡计的邪恶气味时，跟踪，窃喜着露出两颗下齿龈朝上长着的獠牙。四处寻觅着那些心术不正、行恶事之人，欲钻心里搞鬼。它就滋生在黑暗角落里，还有人心的肮脏处。以吸食人的歹念恶行为生——它叫高原夜魔。老奶奶脸上凝聚着严肃的神态，摩挲着听得有点乏味的尕姑娘的头。尽管老奶奶用言语和表情极力营造恐怖的氛围，但尕姑娘脸上依然流露着不屑的表情。这与尕姑娘坎坷身世养成的性格有关，她更不会在乎身边是否存在魑魅魍魉。

二

这座小城里的人们，有自己的民族服装，也有自家的风俗习惯。虽有现代生活气息的融入，但多数人生活闭塞，难免嗫嚅小儿。他们彼此传言，他们捣腾闲话，也喜欢揶揄人。若有一个人晚上闹出事端，第二天小镇多数人就会以传言的方式在茶余饭后、见面闲聊时念叨开来。你听说了吗？昨天那个家那个谁，干了什么什么。

尕姑娘幼年时父母双亡，是奶奶在众人的施舍和自己节俭且紧紧巴巴的生活下，将她抚养长大成芳龄。在那样的环境下，她性格不免有些自卑，偏执。若有人触及她的尊严揶揄她时，她就会用最反常、最泼辣、最具敌意的态度突兀翻脸，这与她娇小的身体、清秀的脸庞成天壤的反差。人们领教到她的刚烈品性，纷纷避让。

因为学上得不多，长大后的她，目前靠打零工赚钱，没有长久安身之处。像那几次，小酒吧里因醉酒客人对她搂搂抱抱，她气急之下泼酒而被老板辞退。洗车店里因男老板对她关心得出格，引得老板娘常常刁难她而离开。现在她暂时容身于一家小饭店当服务员。世间的事，有时难免坎坷。从小命不好，长大工作也磕磕绊绊，她早已接受了命运的多舛。每每受苦时她就暗自提醒自己：自己要强就不受人欺。从而骨子里就具备了几分坚韧。

三

事出有因，她偶尔会和几个朋友聚集，凑几人喝啤酒，宣泄心里的委屈，不免很晚才回家。夜路走多了，容易撞鬼，并非道听途说。天色已黑，醉醺醺的她们，相互叮嘱路上要加倍小心，就各自归家。尕姑娘家较远，拦了辆面包车，她没去坐副驾驶的位置。虽身体娇小，但屁股重重地砸到后排座位，面包车司机随着关上车门时带进来的风里嗅到一股酒气。加之尕姑娘含糊地说出目的地时，司机更加确定自己的判断：这个女孩喝多了。

车子在间断的路灯下行驶，尕姑娘清秀的脸在后视镜里若隐若现，侧脸仰靠着车椅，露出细白的咽喉，舌头舔着干燥的嘴唇。司机的眼睛不时地偷瞄着后视镜，喉结上下微颤，咽了几次口水，把音乐声逐渐调大。车子最终还是开到一处较远的山脚下，停了下来。尕姑娘已经闭目入睡，可危险正在靠近她。更让人畏惧的是，高原夜魔也开始出现。司机关了车大灯，没有熄火，放着音乐下车，拉开了尕姑娘后座的车门，蹿到她身边坐下。他按下锁车钮，试探地搡了搡尕姑娘，见她迷糊着眼，就放肆了手脚。感觉到不舒服的尕姑娘，迷糊的眼里看出一个人影，由于车内暗，看不清人脸。察觉到这个黑影正在抚摸着自己的胸部，尕姑娘瞬间酒劲半醒，用力推搡大叫起来。黑影人被吓到，手脚颤动，两只手缩了回去。司机没想到娇小的女孩竟有如此凶猛的反应，车内瞬间弥漫从人体上散发出的刺激的汗腺气味，一股浓浓的可怕气息充实了面包车内。这时高原夜魔早已洞悉着这一切行为，垂涎三尺，龇牙咧嘴，嗅着气味，一双眼睛睁得犹如铜铃，悄悄诡异地逼近面包车司机身后，等待时机。

封闭狭窄的车内，弥漫一种恐怖里夹杂着眼泪和汗水散发出的刺激的气味。尕姑娘惊慌失措地大叫着，试图摸到车把手逃到车外。这时司机不但没有停止的意图，反而进行了第二次更粗暴的攻击。这次彻底发狂的他，开始扇尕姑娘的脸，扯住衣服往座位上反复砸。尕姑娘咬着嘴唇，用脚蹬，用指甲抓挖司机的手臂，眼角还一直在流泪。面包车司机像一个被激怒的猛兽，越加粗暴、野蛮。尕姑娘就像无力反抗的猎物，被残忍肮脏的獠牙，咬进她细嫩的皮肤里。最后尕姑娘发出几声绝望的嘶叫，肮脏的獠牙玷污了白嫩的身体，彻底崩碎了尕姑娘的防线。

找准时机的高原夜魔见此情景后，贪婪地钻入司机身体内，让他失去人性。司机眼睛充满血丝，面目狰狞，嘴角滑下口水。

不顾尕姑娘的指甲深深插入司机手臂的肉里，蛮劲施暴，扒开裤子。在漆黑的夜里，黯淡的面包车身，用屈辱和肮脏的动力震动着。

一段时间后一切都在朦胧中结束。车内没有了激烈的动作。尕姑娘嘴角微微有点血迹，眼角还在淌泪水，提上裤子，捂着脑袋，一言不发。没有喊叫，只有发闷的抽噎。高原夜魔也离开司机的身体，干瘪的身体丰满了一些。司机擦去脸上的汗水，提上裤子回到驾驶座，打开车灯，开到小镇上，呵斥着让尕姑娘下车，迅速逃匿在黑夜里。

四

深邃的夜空，只有月亮为这个可怜而刚被凌辱的姑娘，用淡淡的银光铺条窄窄归家路。她一路擦拭着眼泪，吐出嘴里的血迹，脑袋里和夜晚一样黢黑。不知不觉已荡回家中，蜷缩在床上哀咽，抽泣。

翌日，直到傍晚时分她才起床，去洗了个澡，回来后和老奶奶喝了碗牛肉稀饭又躺下了。

第三天的夜里，她把委屈对着月亮哭诉。到第四天的早晨，她梳妆上班，再也没有流泪。她想象得到，这事若被小镇上的人知晓会招致名声败坏，一生背负侮辱。她暗自发誓此事绝口不提，不能让任何人知道。

五

两年以后，尕姑娘和一个小商人成婚。新婚的当天夜里，尕姑娘和她的丈夫躺在新床上。尕姑娘紧抱着丈夫，放声痛哭。当丈夫问起原因后，尕姑娘咬紧牙，不回答。只是抽噎颤抖着白嫩的裸体。小商人丈夫顺手将尕姑娘抱紧了些，挽着尕姑娘细白脖颈的手臂上，残留着几片细指甲插入肉里的疤痕。

而在屋外的夜里，高原夜魔依旧在等待时机，脏乱的蓬松的头发下，狰狞着高颧骨干瘦的面部，凸出着肮脏尖利的獠牙，眼睛睁如铜铃，嗅着气味四处寻觅、游荡，搜寻那些心怀鬼胎、行恶事的人附体。

故事会网、2016 年《唐蕃古道》发表

如果我不漂亮，你会帮我吗？

今晚我来，陪你，睡。这句话像是她唯一能做的偿还。

二十出头的她，接触的男人不少，年龄大小都有。这一定和她的长相有关系。她白皙的脸蛋上，上翘的眉梢勾勒着清秀的细眉。一对清澈的眼睛眨眼间捕获着男人的心。与男人对视时她会故意抛出媚眼，就能招来一些男人，向她主动付出热情的关怀。这种现象，以她的口吻说就是：我身边的男人对我都很好。

这天女孩说身体不适，男的开车接了她。上车后男的打量着女孩的全身，最后停在女孩的眼睛上。女的还是以娇弱的媚眼回望着男人。

此时男人心里只有一个目标，想尽一切能想的办法，只为把女的带回家里。男人试探地说了句：先到我家，我给你煮稀饭。女的并未回答。这态度对男人来说，是把她带到家里有机可乘的默认。男人把方向盘转到了回家的方向，急踩油门。

男的把女的请进家里后，让她坐在沙发上看电视。男人从厨房的抽屉里取出一口红杯子，颜色和女孩的红唇一致。这红的颜色，像是一个个女人的红唇印迹。女的接过杯子，用红唇抿了一小口水。杯中微微冒着白气，在女孩上翘的睫毛上吸附了薄薄的水汽。男人嘴角就上扬了。直到男人把女的抱到床上时，女的始终没有拒绝之意。缠绵过后他们平躺在床上，像是两条完成交配瘫软的蛇。被子里残留着几种不同牌子的香水味道，又添了这女孩的体味。短暂的愉悦后，在弥漫的香味中，男人略感患得患失。在混合味的被子里，搜寻着让他兴奋的一丝新鲜味道。

翌日，女的在镜子前装扮着娇嫩的脸。她在镜子前微微歪着脑袋说：我不漂亮的话，你会帮我吗？镜子里折射着女的妩媚的目光。

男人肯定地说：当然会。

女的整理完衣服出门，带上门的一瞬间，门框内夹着一张稚嫩的脸，却显露出成熟的冷笑，说：你们男人都这样说。

《程丽娥文学俱乐部》发表

女人与半边月亮

她的眼睛很圆，总喜欢仰望月亮，尤其是一个人在夜里独处时。她发现这次的月亮与往常都有所不同。悬挂半空的残月只有下半圆，像黑色柏油路上的一圈积水，有点泛黄，有点浑浊。

这是个凛冽的冬季夜晚，女孩一个人伫立在河边已久。眼睑低垂，目光落在细小的河沟中。这条河是一支高原山泉的支流，比其他的河冰寒一些。在她的眼球里映出这条河水迟缓流淌的身形，在夜幕里像一条细长冰冷的银蛇向桥下蠕动。

“我要离开这里，我想离开这里。”

女孩的心里反复出现这个念头。夜里寒风凛冽刺骨，渗进女孩的衣袖和裤筒内，寒气吸吮着她的体温。女孩单薄的身体微微震颤，眼眶内泪水被寒气逼得兜转，她的大眼睛潋滟薄薄寒气，倩倩的泪水似乎要结层薄冰。

女孩纵身跳入河水中。霎时，冰冷的河水像凝结的冰锥刺着她的小腿和膝盖。眼泪须臾涌出脸颊两侧，划出两道泪渍微冒白气。嘴里呼出热气，倒吸两口冷气，往体内吸入的寒气近乎让她窒息。她叉腿站立河中，眼泪不断地涌到脸颊，浸泡在河中的小腿带动全身打颤，有几次差点昏厥。当她抬头的瞬间，半个月亮在她的泪花中湿润闪烁。

女孩抹掉眼泪，才发现自己依旧站在河岸。她感到害怕，不敢相信刚才竟有蹚河的念头。她在岸上退了几步，半圆的月亮不再微颤，继续闪烁着银光。

女孩眼泪已经湿润了下巴尖，随着寒气撞击额头，男人对她承诺的倩语，像一把冰刀刺痛着她的心。现在回想起来竟像是吸入的寒气，让她全身瑟瑟发抖，冰透全身，开始反胃。

“为你我什么都愿意做。”

这是女孩第一次被触动的话。

女孩来自牧区，在一家度假村里打工，那时有一个男人对她倍加照顾，对她的关心更胜其他女孩。男人的关心总会付出在女孩忙碌结束之后，在她疲倦、无助、想家的时候。

男人总把车停在女孩下班回宿舍必经的道中，他能巧妙地让女孩上车寒暄。无论女孩怎样地婉拒，男人都能化解婉拒，而且他会制造出他们的撞见完全是一次巧合的假象。这是男孩处心积虑的假象，得逞后就顺理成章地和女孩营造了私处的空间。

几天下来，女孩开始习惯了男人着意的撞见，对他的关心开始享受。每当女孩打扮得漂漂亮亮，察觉到其他男人对她抛来的秋波，她渐渐心生反感，反而想起夜晚男人注视的眼神。女孩开始期盼与男人在回宿舍的道上撞见，其实是希望等待她。

这次的夜里，果然没有让女孩失望，男人的车出现在她预料的地方。女孩上了车，坐进车内后女孩仰头看了月亮，今夜的月亮很圆润，很饱满，像木桶里盛满的酸奶，晃一下都会往外溢。男人带她去吃夜宵，倾听着女孩积攒一天的委屈和趣事。不管男人对女孩的话题是否真有兴趣，他都会摆出一副耐心的样子，女孩倾诉的话题也就越来越多了。

这夜男人送回女孩时，语气深沉地说：“我结婚了，你知道吧？可我们感情破裂了，是要离婚的。”

……

女孩没有回应，面无表情，还是和往常一样，平静地和男人道别下车。走进宿舍时女孩瞥见悬挂半空的月亮，有些暗淡。乌云遮住了月亮，月光不匀称地照着夜空，像是一桶酸奶被打翻在黑氆氇毡上，将夜空斑驳地染成白和黑。

女孩从牧区来到县城，已有两个多月的时间。接下来的时间使她觉得比以往更劳累，更孤独。直到男孩的朋友严厉转告女孩，男人这几天都在酗酒，过得很糟糕，都是为了她。

这一夜，男人和月亮出现得更加巧妙，月光和男人的汽车同时出现在女孩回宿舍的必经之道。巧合还是和以往一样，男人让女孩上了车，车在乌云的掩护下开到了月光照不到的城市一隅。

男人身上确实有酒气，也憔悴了许多，话语掺着酒气进入了女孩的耳孔和鼻孔："你知道我在自责，怪我喜欢上了你。我有老婆和小孩，不该喜欢你。可我要离婚了，感情不好，没有你我也会离婚的。"

……

女孩没有说话。

男人吐了一口重重的酒气说："这个度假村是我爸开的，我要管理真的很难。

"我爸也很喜欢你，他同意我们在一起。"

女孩将脸侧过来，感到有些意外："你爸知道我们走得近吗?"

男人肯定的语气里多了几分自信："是的，我爸也同意我了。"

男人看到女孩不停地用手搓着衣角，他察觉女孩心里有些动荡，继续说道："更重要的是，我不在乎你的信仰和我不同，如果我们在一起，我不会干涉你的，我的家人也会默许。”

当女孩听到这句话后，心存的顾虑全然消失。对眼前这个已婚的男人彻底失去了抵触，将自己的心扉第一次向他敞开。就因为一句“我不在乎你的信仰和我不同”，打消了女孩对这个男人已婚且有孩子的顾虑。她也做好了，如果男人真的离婚和女孩相处，就接纳他共同抚养孩子的打算。这夜，女孩没有瞧见月亮。这夜，她在车内没有抵抗男人带着重重酒气的吻，顺从着男人往嘴里吐入的酒气。

月亮做证，男人和她几夜缠绵过后，让女孩意想不到的是，男人渐渐地疏远了女孩。即使月光把女孩回宿舍的必经之路照得再亮，男人的车子也没有在月光下出现。

冬季到了，度假村暂时停业，女孩始终没见到男人。

女孩在县城的一个角落里开了一间小卖店。她给男人发了几条短信，可没有收到一句回复：

你发生什么了?

怎么不接我电话?

我会和你一起抚养你的孩子。

……

这些话就罗列在她的手机里。

小店里，女孩总是把物品陈列得整整齐齐。今天男人的另一个朋友在女孩的店里转告她说：“他不想伤害你，失踪是为了你着想。”

女孩急切地追问男人的下落后，才套问出“男人不会离婚。而且他也在乎信仰的不同”。

女孩所幻想的一切都破灭了。但她也变成了女人。

等到黯淡的夜晚降临后，她顺着习惯的夜路走到河边，她怀着阴郁的思忖，干冷的寒气侵袭着脸庞。阵阵寒风像男人的谎言，女人吸入鼻孔后，鼻子一酸，心里头一苦。低头的瞬间眼泪就噙满下眼皮。她抑制住眼泪，仰头，瞧见难得一见的下半圆残月，悬坠在夜空，像是夜空中的一滴泪。

《昆仑风》发表

屠夫飞天

伫立在山峰，俯瞰山下一切缩小了的景象。山脚下，帐篷内，袅袅升起的白烟，连着天上高高悬着的白云，我与云的距离近了些。

远眺，山峦连绵，我伫立在最高山顶的岩石上，脚下就是山谷深渊。脑子里不断回想起，那双含泪潋滟的眼珠。我轻轻合上了眼睑，纵身跃下。

坠落，随着空气撞击我的身体，体会到了从未有过的轻盈。继续坠落，竟然解脱了心里的罪责。当我张开眼时才发现，我飘浮起来了，朝着云朵的方向飘去，也朝着太阳暖暖的方向飞去。云朵就在身边触手可及，我抚摸着，感觉到它洁白绵软的质感，像羊毛。云，应该就有绵软的质感。这时，我再次回想起那只白色的绵羊那双含泪的眼睛。

我宰过的牲口并不少，在多年宰杀牲口的生涯里，多数是受别人家之托而杀生，罪孽理应算在我头上，他们是这么认为的。若不是这次我亲眼所见，都不敢去相信，可谓是匪夷所思。

和往常一样我磨好了刀，从羊圈里牵出一只羊，准备好了捆绑用的绳子，接血的盆子，还有锋利的刀子，宰杀前的准备很利索。其实，我厌倦了宰杀牲口剖腹时，散发出浓浓的、热热的血液腥膻味，吸进肺里让我反胃。如果不是生活所迫我也不想当屠夫。可眼下我要像以往那样麻木地宰杀羊。

我开始罗列器具，将刀放置在羊跟前。转身梳理捆绑用的绳子，再转回身子时，我看见了惊人的一幕。那只羊竟然用前腿刨土，不断地往刀上刨土，试图藏刀，我心一颤。更冲击内心的是，我竟看到它的双眼含着泪水，像是一个哀哭人。我心里和脑子里一片空白，发愣。

这一幕竟像是在做梦，但的确是发生在我眼前。霎时，只看见我双手沾满了鲜血，血滴不断地淌下地面，积成了一汪血滩。从血滩上映出了我的模样，扭曲的脸和被血染红的全身都浮现在血滩上。我害怕了，害怕眼前的自己，欲要溺死在血池里。

片刻后，一朵云在天上挪了一些距离。我回过神来，心里悠然产生一种前所未有的失落，也感到恐惧，更多的是厌恶。我剥夺过多少哀求的生命，早厌倦了宰杀的生活，直至今日我才看清，这不是我想要的生活。夺取生命，是要有多么残忍的心，才能麻木地狠下手。

我从厌恶的感觉中渐渐转变为自责，自责感逐渐放大。终于，我产生了结束这种生活方式的念头，脑海中又清晰地显露出羊流泪藏刀的一幕，此时我倍感悲痛欲绝。从而转身拖着重重的思绪，朝向那座最高的山上游离，像一个丢了魂的人，更像行尸走肉。

不断地向高山上攀爬，我不感觉劳累，心里只想着要爬到高处，脑子里羊藏刀的那一幕依然清晰，也许这就是动力吧。爬到山顶，伫立山峰，我感受着山风的气息，像是在劝我：跳吧！是该结束这种残忍和厌倦的生活了。

我纵身跃下。这一刻，我却飞了起来，朝着湛蓝的天空飞去。

蹊跷，我飞向天空，被一个闭关多年的修行僧目睹。他从闭关多年的洞穴中走出来，也攀爬到了我跳崖的山顶。口中念念有词：一个屠夫竟能悔过，而飞上了天，我一心参悟修行多年，岂能飞不了天？他整理僧服，张开双臂，纵身跃下，却没有飞上天，反而不断下坠，只传来他在谷底一声短促的惨叫声。

藏人文化网发表

獒的末路

疼痛的部位让我下意识地舔了几下，希望能缓解一些疼痛。喘气急促，便把嘴角上的毛楂甩头弄落，重重地趴在地上，下巴紧贴着地面，扬起了一些尘埃，呻吟着回想刚才发生的事。

我已经两天没有吃到一顿像样的饭了，就为这次倒在木桩槽里的面条残羹，我几乎发了疯，也完全放纵了内心的野性。

这家是个善良的家庭，至少在我看来是这样的，尤其是他们家的那个老妇女，总是将剩饭倒在这木桩槽里，才会有流浪狗们聚集在她家门口。在她家门口，算上我还有一对年轻的土狗兄弟，他们黄身子上局部有黑斑，看虚弱瘦长的身子就知道他们经常挨饿，还有一个老母狗。

最近，老母狗又生了一窝崽子，脾气变得异常暴躁，除了在这家老妇女搭的石头窝里守崽子，就是卧在木桩槽旁。残羹饭余她第一个抢先吃，饭量也变大了。她吃后剩不了多少残羹。两个青年土狗总抢在我前面，因为我是后来流浪到这里的，对他们而言我是入侵者。但，这次我真的是饿昏了头，才会和两个土狗争抢老母狗吃剩的残羹。

这次的厮咬很激烈，他们一前一后形成夹击势态，老母狗大叫着退到窝边像是一个教唆的泼妇。土狗兄弟在这次的厮咬中显得非常凶猛，像是压抑了好长时间的怒火一时爆发出来，当一个咬住我的脖子时另一只偷袭后腿，狠狠地咬上一口。刺痛的我转身咬他时他已经退到我的攻击范围外，当我全身心地扑向另一只土狗时又遭到偷袭。厮咬中嚎叫声、惨叫声引来了路人的反感，便用石块砸向我们，他们的目的并不是要砸到我们其中的谁，石块在我们身边呼啸飞过。起初我们没有休止厮咬，又引来了几块石头砸向我们。但这次有一块体积不小的石块砸到了我的身上，弹到一个土狗鼻子上。我们几乎是一起惨叫了起来，土狗呻吟着跑远，另一个也跟着跑远。

石块砸到我身上时差点昏厥，我只能冲着路人吼叫几声，回头望了一下木桩槽，像是我的一次诀别礼。还好刚才争到了一些面条残羹，可以熬过今晚。可明天能找到什么食物？又能去哪里？

夜里，我蜷缩在角落里，顶着漫天星辰，想到这些天饥肠辘辘的日子，竟然让我想起一直都想离开铁笼的日子。自我记事起就住在铁笼里，直到长大。记得那个铁笼很坚固，是用一根根铁棍焊接起来的铁笼子，外面涂了一层蓝漆，三四个铁笼拼在一起。只要里面的一只狗跳动吼叫，紧靠的铁笼就会一起碰撞，摞在空心砖上的铁笼摇摇欲坠。铁笼下面到处是我们的粪便，当满院子飘起粪便味时主人家才会有人清理。

那时关在铁笼里的几个狗每天都能吃到两顿饭，偶尔能吃到骨头汤。在我生病时，主人会为我做肉汤，这时主人家的老妈也会走运，同我分得一碗肉汤。

那时的日子漫长无味，没有自由、没有搏斗、没有饥饿，今天不用担心明天的事，“好了，不想了，入睡吧。”

天还没有完全亮，身上的疼痛和疲倦还没有消除，就被一辆汽车弄响的喇叭声吵醒，迅捷地起身，跑到离车很远的地方。我又要拖着疲倦的身体，寻找一些能充饥的东西。

走了一段很长的路，进了一个很深的巷子，也翻了好多垃圾堆。那些垃圾堆臭气熏天，有排泄物，有发霉的蔬菜，有发臭的骨头，还有大量的塑料袋和玻璃碴。我就在这样的垃圾堆里，用鼻子去嗅，用爪子去刨，用舌头去舔。我已经麻木得不知道自己想要找到什么，只是一股劲地在刨，用嘴叼。软点的东西伴着土咽下去，也许我是饿昏了头。

在这里我没有发现其他狗，瞧到一头全身瘦得肋骨清晰可见、肚子鼓鼓的牛。牛身上的毛没有光泽，局部有一撮撮掉光毛的皮肤，嘴里淌着口水，目光呆滞，不停地咀嚼着塑料袋和纸箱子，我目睹到这场景后心生畏惧，想到也许他对生活已经绝望了。我依然需要走，需要离开这里。我需要一个栖息之地，希望在那里能吃到一顿残羹就可以了，可这像是不可能实现的奢望。

我漫无目的地走了好久，不假思索地走到了大街上。街上的车流让我生厌，让我想起，我是被主人蒙着眼睛，乘坐很长时间的车抛弃在这座陌生的城市里的。

陌生的城市，地上的水泥被阳光晒得滚烫，角落里堆积着肮脏的垃圾，这里的人们不会怜悯弱小的动物。我试想会不会真的有座城市，人畜和谐共存，人对动物心存怜悯。

就在街边我使劲呼吸，用嗅觉寻找食物。通过街面的玻璃，我第一次看到自己，全身黑毛，脖间棕色，身材魁梧，四肢粗壮，脑袋宽大，当我发现我的两只前爪有白斑时，才恍然大悟主人为什么每次都看着我的前爪叹气。尤其是白斑逐渐变大，主人愈加沮丧。

就在这时，我听到一辆汽车的急刹车声紧接着一声惨叫，我顺着水泥路上的两道由深到浅的黑色车轮印，看见一只狗惨叫着用前爪爬到路边，后腿没有动的反应。汽车司机从车里探出头看了看，然后调转车头扬长而去。那只狗还在呻吟地惨叫，这叫声让我害怕，有种撕心裂肺的感觉，我更觉得没有活的希望。我要离开这里，也许找不到栖息之地，可我依然不会停下脚步。

天色已黑，在夜色中我荡到一块能休息的地方，就是一个墙角里铺着的烂布块，像是有人特意为劳累的流浪者提供了栖息之地似的。我就在这里歇息一宿。

清晨，我被一些叫声弄醒，当我睁开眼睛时看见一座不太大的小屋。院子的墙既矮又破，小房屋门口站着一个老妇女，脸颊黝黑，身上的藏袍打着补丁。她白发凌乱，动作迟缓，正在向几个盆里倒食物。好几只狗围着老妇女，摇着尾巴发出幸福的叫声。仔细看那些狗时才发现，有的瘸着腿，有的身上带着伤口，有的头部和眼部受了伤。

当老妇女迟缓地靠近我时，我退了几步。她将一个有食物的盆放在我前面，并将其他狗驱赶开，缓慢地转身，缓缓地走进屋里，我用凶悍的姿势护着这盆食物，奇怪的是没有狗和我抢，他们吃着离我较远的盆中的食物，我这才放下敌意吃着盆中的食物。等我囫囵吞枣地吃完后，看见其他狗，躺的躺，玩的玩，睡的睡。也许这就是我要找的地方。

我走近老妇女的小房屋，从门口看见她正在小碗里拌着糌粑。屋子里有些简陋，从墙边摆着的一张窄床，就能猜得出她是一人居住。她看见我时从正在拌糌粑的碗里向我抛了一小团糌粑。这是我吃过的最美味的食物。我嚼着嘴里的幸福，这幸福的味道既模糊又清晰。大城市里容不下我，可在这个老妇女的心里却容下了这么多的怜悯。

天空蔚蓝，白云朵朵，远处山岭重重。我依然要走，我会带着两样东西走进深山之中，永不踏足这座钢筋水泥铸成的无情之城。一样东西是主人说过的最后一句话“现在藏獒不值钱了”，另一样则是老妇女那一小团糌粑的味道。

《中国民族报·民族文萃》发表

阿爸的威胁

穿着盛装，佩戴饰品，精心装扮。这是去庙会前所做的事宜。寺院的活动刚好赶在了周末的时间，益西恰巧不用上班。她精心打扮了自己，拍了几张自拍，挑选了几张自己满意的发给了达杰。益西穿着藏袍，打扮后的确比平常更楚楚动人，更显几分端庄。她父亲以女儿为荣。教会她跳舞，还使她拥有了贤惠的本性。她对父亲之命绝对听从。

达杰正在办公室改文件，收到照片后，瞥一眼，对邻近的同事说：漂亮吧？我这次要和她结婚。同事看到了达杰脸上显露的喜悦，报以祝贺。

达杰在玉树。益西在囊谦。

他们交往的时间不算太长，数月的交往中，彼此都付出了真情。每次通电话时，各自描述着将来组建家庭后的幸福，鼓舞着他俩对这份感情的信心。

玉树的春夏极短。虽属夏天，远处的山峰就在今日的早晨覆盖了一层薄薄的雪，山体葱绿，山顶却白了头。街边的杨树翠绿，吸附着朝气。达杰望着远山，想念着益西的模样，有淡淡的喜悦、稠稠的爱意酝酿在心里。

益西早早地从囊谦出发，来玉树花费了四个小时。他俩在玉树的格萨尔王广场相会，广场的风景达杰无暇顾及，只是对广场所有景物轻描淡写地指指点点，益西也应和地点着头。但益西说：我不太喜欢玉树。这让达杰感到沮丧和隐约的不安。因为达杰知道部分囊谦家庭排斥玉树人。

他们缠绵在广场的角落，在黑夜的庇护下相拥。分别时他们相互拥抱，互相亲吻了额头。几番聊天聊地后，他们依依不舍地一起过了夜。这一夜过得太快了。

翌日，益西没让达杰把她送到回家的车上，自己回了囊谦。到家后给达杰发了报平安的消息。他们的感情更加深厚了。

但接下来发生的事情，既突然又意外。第二天，益西在电话里吞吞吐吐地告诉达杰，她的爸爸和叔叔给她定亲了，是个囊谦的男人。达杰听到后焦急万分，但他还是宽慰益西：不要动摇，我会和你一起直面问题。益西带着哭腔答应了。天空中阴云沉在山顶，天色阴郁。

直到第三天，达杰再也接不到益西主动打的电话，忍了一个白天的达杰，终于在晚饭后给益西打了电话。电话一头的益西声音比往常显得弱小，内容也更少。最后在达杰的逼迫下益西哭诉：阿爸和叔叔决定了，和这边的男方家人见了面，并订婚了。我也听从我的家人了。

达杰试图说服益西，可益西依旧含着哭腔说道：我想过了，家人说得对。我选择囊谦的比较实际。还有，我不想再和阿爸争吵了，他的态度很强硬，不可能让我们在一起了。

达杰声音开始颤动，焦急地说：你爸那是威胁。你不要害怕，我会来囊谦找你的，我发誓，我发毒誓。可被益西果断地拒绝了。达杰在玉树已经焦急地坐立不安了。

益西还是用哭腔说：我家人为我们两个在活佛面前算卦了，我们的卦象不好。还有我阿爸说，如果我和玉树的男孩在一起，就断绝父女关系。我不会为了我的感情伤害我的阿爸。说完益西挂断了达杰的电话。达杰再打给益西时一直处于对方忙碌的通话中。到深夜后益西的电话已经是停机的状态。

这一夜达杰心里极为难受。嘴里不再念诵经文。他仰望夜空，音泪俱下：那是什么破卦象，她的父亲为什么要威胁她？

繁星像一颗颗泪珠渗在夜色的幕布上，闪烁。

《西北作家》发表

金佛像吐言

积雪皑皑的雪山脚下，坐落着久远的古刹废墟。山坳里的矮墙残壁，被山风肆意侵蚀，日渐萧瑟。

又过了数年，新认定的转世活佛与寺院再度结缘。当地牧民和几位跟随老寺庙的僧人，在新活佛的带领下重建寺庙。新寺院建在原址的偏下方，挖地基时掘出了一块沉重的硬土，一尊陈旧的佛像破土而出。大家断定是古寺院的遗物，就毕恭毕敬地奉给了新活佛。

新活佛虔诚地清洁陈旧的佛像，竟然惊讶地发现，这尊佛像慈眉善目，身姿端庄完整，通体金光灿灿，超凡脱俗，莫名地有一种心被掠去的威慑。活佛将佛像供于佛龛，虔诚膜拜三次后，更奇特的事情发生了——金佛像竟然开口说出："万象由心，善恶自在心中。"

活佛先是一惊，接着不由自主地喊道："三宝佛法至上，金佛像显灵吐言了！"

活佛心生崇敬，独自对着金佛像时而哭泣，时而诉说，时而呆滞发愣。总之，他言行不由自主，断断续续与金佛像独处到太阳落山后，才退出了佛堂。

翌日，众人都知晓了金佛像开口说话的事。活佛的佛堂门口被村民堵得水泄不通，像一群被天敌追逐的旱獭急促地往一个洞口拥，都要争先恐后地膜拜吐言的金佛像。

首先进来的是一对搀着胳膊、穿着体面的中年夫妇。他们在金佛像前供了几张百元钞票，五体投地向金佛像膜拜了三次，金佛像又吐言了："万象由心，善恶自在心中。"霎时，中年男人原先的硬朗荡然无存，显露出一个稚嫩孩童般的认错体态。

被几位僧人拦在门口的村民们见状，也渐渐变得静默，空气中弥漫着凝重的气氛。接下来，他们个个肃然起敬，唯有山风还在呼啸。

中年夫妇心里一空，脑袋一闷，双手合十瘫趴在地痛哭流涕。中年男人哭诉道："三宝佛显灵，我心里有愧！我把陪我度过窘境只字不识的妻子，在怀孕时撇弃，骗到了现在这个年轻的女人，我愧疚呀！"他一边哭诉一边把鼻涕和眼泪用手背擦拭到了衣服的前襟上。随他而来的女子，也已把面前的地面哭湿了一大片。"三宝佛，我并不爱他，而只是因为他有财产，我才心口不一地跟了他。原来只抱着占有财产的心，现在却没能得到幸福，我懊丧……"女人哭诉道。接着，两人泪流双颊，面面相觑。一个不言，一个不语，仓皇地退出佛堂。

紧接着唐突闯进来的一家人，身材魁梧的男主人蛮横地催促着他的女人和大女儿还有小男孩。他们跪拜三次后，金佛像再次吐言："万象由心，善恶自在心中。"魁梧的男人号啕大哭："三宝佛，我惭愧呀！我在外头事态不顺憋了一肚子怨气，为了活口做着卑劣欺骗之事。我卑微地伺候那些有钱人，心里却充满对他们的仇恨。我把气全撒在家人的身上，搅得家里哭声一片。我甚至打家人的时候下手很重，我其实是个懦夫……"号啕痛哭的同时，他的两串清溜溜的鼻涕滑到了嘴里，从嘴角流到下巴，又滴到地面上，连成了一条黏稠的线，也全然没有感觉。

他的女人抽泣低吟："三宝佛保佑，我无能，保护不了自己和孩子，经常遭到毒打，早存有想杀死他的念头了……"魁梧的男人立马回过神来，擦断了黏稠的线。

"三宝佛，我不想活了！我讨厌这个家庭，时常离家出逃。还在外头怀上了身孕，可那个男人逃走找不到了……"他的大女儿绝望地哭诉着。

还没等小男孩张嘴，魁梧的男人已经把大女儿连踢带拽地赶出了佛堂，后面追着惨叫的女人，再后面跟着尖叫的小男孩，一家人在一串凄惨的哭声中离开了。

哭声把村民们的心搅得乱乱的，也让村里人起了同情心，空气再度凝重，降至零度——他们都害怕在金佛像前口无遮拦地抖搂自己深藏的罪行。

这个时候，在众人的让步下进来了一对诵念经文的老夫妇。他们一人手里摇着经筒，一个手里攥着念珠。虔诚膜拜的心与经历过的衰老，一条条地刻在他们的额头。他们迟缓且虔诚地叩拜完三次后，金佛像又开口了："万象由心，善恶自在心中。"

老阿爸颤颤巍巍地擦拭着泪水："三宝佛，我遭到了报应！晚年丧子是我作孽的报应，现在摇经筒的手，以前是杀过人的。我出狱后并未真的安心，整宿整宿的噩梦折磨着我，我在恐慌害怕中度过每个日日夜夜——我死后一定是要堕入地狱的呀！"

老阿妈时而抬起扶在地上的手，擦拭着眼睛，眼泪和土抹黑了眼角："三宝佛，我造孽啊！放任儿子溺爱成性，最终害人害已。我自私地祈祷着，让自己别下地狱。今天，我也要赎罪……"

两位老人相继在痛苦中昏厥，被僧人们抬出了佛堂。

嘈杂的村民们起初心存的质疑，此刻荡然无存。他们有的膜拜、有的倒退、有的双手合十伏地不动，再也没有人敢进佛堂膜拜金佛像了。

只有几位年轻的僧人，在大家的注视中，五体投地地膜拜。金佛像还是再次吐言："万象由心，善恶自在心中。"

这几位年轻僧人的哭诉尚未结束，就被活佛和几个村民迅速打断。大家都害怕会抖搂藏在心里的秘密。

最后，在活佛和全体村民的一致决议下，大家将金佛像重新埋回地里，并且永不提起。

藏人文化网、《十二罗生门》发表

乞讨女的救赎

藏区，口中诵出经文是可讨得小额钱的收获的。乞讨者得钱，布施者听取诵出的经文与祈福，是合理的等价交换。在这边，这并不是不劳而获的失衡逸事。

她清洗完脸，一张眉清目秀的脸蛋出现在镜子里，对着镜子会心一笑，笑容很美。她用一只粗糙的手，擦拭耳朵根下的污点，微微一笑，可笑容显得有些苦涩。

她惆怅着，漂亮的脸蛋与身上脏旧的行头和凌乱的头发极不搭配。

又想到一会儿要去的地方，人们身着盛装，姑娘们打扮得花枝招展。她只能低着头，低瞄着漂亮的衣裳，眼神里流露着渴望。

镜子里再也没有一丝微笑的痕迹，弄脏脸后戴上口罩，在卧床老女人的喝道声中夺门而出。

草原的春夏很短，享受草原总有意犹未尽的感觉。如果没有沐浴草原的阳光，有可能就会错过一个夏季的草原步入冬天，人们都很珍惜草原的短夏。

这次草原上的节日活动只办两天，她在途中一直都在思索，继而感到有些苦恼。回想着，每次卑躬屈膝，一副楚楚可怜的样子，引来别人的冷眼和反感的目光，她认为这是最冷的东西，冷到能把心冰封住，即使在炎热的夏天里也如此。

活动场地周边人流涌动，显得很匆忙。人群各忙各的，她的目光注视着那些乞讨者。

一老一少两个男人拽着一只受了惊的猴子，老男人时不时地逼猴子翻跟头，年少的男人光着膀子，将一根根捆于胸前的铁丝绷断，赢来几块零钱。

传来嘶哑带点杂音的歌声，是一个失明的男人通过便携式麦克风唱出来的。一个消瘦的女人扶着他，并将讨钱用的纸箱，伸向身边经过的每个人。也能有几块零钱被扔进纸箱。

可人群有意躲避的，就是一个大人领着几个孩子，孩子们逢人缠腰抱腿不依不饶，被缠上的顾及面子，不得不掏零钱打发。

主动接近，并向乞讨的用具里扔几块钱的情况有两种，就是躺在地上残疾的乞讨者和盘腿打坐念诵经文的僧人。

最不受人待见的就是年轻力壮的乞讨者，人们对他们不会有好脸色。人们越抵触他们，他们越要在僵硬的脸上挤出别扭的笑容，弓着腰，竖起拇指不断地在面前上下晃动。即便显露这般楚楚可怜，也得不到丝毫的怜悯，反而遭人反感。

目光回来，她恰恰要从事于人们所不待见的乞讨活动。她叹了一口长长的气，似乎吐出了心里的一股冷气，弓起腰，从僵硬的面部里挤出笑容，扭捏出似笑非笑的表情开始乞讨。

果不其然，她引来了冷落的目光和反感的表情，虽然她戴着口罩，但也尽量挤出笑脸。她嘴里大声地诵着经文，倒是能讨得几块零钱。她心里坚定地重复着：我会为他们诵经祈福。这倒也给她添了几分心安，所以她保持着卑琐的身形继续乞讨。

这天的活动结束，人们散去。她最后才离开，返家途中一如既往地向小寺庙供上几块钱，嘴里一直念着经（消除罪孽咒）。

她早已不许愿改变命运，只为眼前乞讨所得的钱，转化诵经祈愿后救赎灵魂的净化。

接着她去药店买了些消炎药，回到家中，坐在卧床老人的床沿，将药放到枕边。

她从怀里攥出一把施舍的钱，在粗糙的手里一张张搓展。她俩先后念诵着经文，是为了白天对布施者们承诺诵经文的兑现，尽管除了她俩没人知道。

“老天也会看到我俩在诵经。”卧床女人低声说道。

青年文摘网发表

选入吉林文史出版社《角落里的琉璃》

消失在怀里的镶银木碗

夜，银盘似的皎月云中穿梭。犹如赶路的过客，朝自己的归宿游去。

远，山峦不断，像埋藏在地里的矿物将土石隆起。

近，绿草如茵，像覆盖在隆起土石上的手织绿毯。

声音由远到近传来，是一小群迁移的牦牛帮。七头牦牛均驮重物。三匹马，一匹只配有空鞍子，其余两匹各有一个男人骑着在领头。一个年轻，一个年迈。

他们时不时地有几句对话，但多数的语言是赶牦牛的喝道声。

马蹄声，牛哞声，他们行进的声响并没有划破草原夜空的宁静。两个男人身穿裸皮的藏袍，藏靴筒口上的布带缠得很紧。牦牛和马匹鼻中呼出大量白气，他们定是行进了一段不短的行程。

夜空繁星点缀，微风带着野花的芳香，在夜空中嗅得非常清晰。草原之美，是孕育生命力之美，是蕴藏的神秘之美。野生动物狂野顽强，野生植被生机勃发。小时候阿妈就在耳边经常说起："草原到处都是宝，是神仙眷顾草原庇护原野而倾盆了宝物，落在了满山遍野。"

他们翻过一座山后，在山坳间休整。年迈的男人熟练地将两个木桩钉进地里，将牦牛和马匹分开拴了起来。各自默契地从皮囊中取出牛肉干和糌粑，围在用三块石头架起来的篝火边，彼此递让着吃的相互照应着。各自从腰间拔出藏刀，将刀柄轻握掌心里，刀尖朝向自己。左手握着风干牛肉，右手的拇指将肉顶于刀尖，切下一片送于嘴里。便聊了起来，内容无非是途中的琐事。谈话间，年轻的男人从怀中掏出一口布袋，从里边取出一口镶银木碗。此刻他的语速变慢，显得有些喜悦说道：

“我这口碗怎么样？是用一只牛犊换的。”

“拿来我看看，我识碗有一些经验。不是有句话嘛，多希望爱人变成木碗，揣在怀里随身带走。”

年迈的男子接过木碗，靠近篝火仔细端详起来。

“这口碗，碗形圆小，镶银的部分光滑如玉，有纤细柔润之感，再看上面刻画着简单的线条和有些浅浅勾勒的图案，看上去若有若无，我断言这是口女用木碗。”一段叙述后将碗递还于年轻男人的手里，便随口问道：

“女婿呀，这口碗你要送与谁呀？”

年轻的男人不假思索地回答：

“当然是送给我阿妈了。”

“那我女儿你就没有送的打算了？”

这句话让年轻的男人一愣，看似刚想补充的话语却又咽了下去。接下来的时间内他们没有对话，漆黑夜幕和尴尬的氛围围绕在周边，陷入了寂静的黑夜里，在空旷的深夜草原上把他俩孤单的身影冷落得更渺小，他们都感受到了。

篝火闪烁，安静得能听见风吹草动的声音和篝火燃烧的噼噼啪啪声。篝火闪烁的火光在他们脸庞上舞动跳跃，像是涂了一层淡淡的酥油，闪闪烁烁。年轻的男人将肉和刀收了起来，起身说：

“我趁着月光找些牛粪和柴火。”

年迈的男人立刻应和道：

“也好，我感到有些冷意了！”

片刻后，两人将食物和物品收入牦牛背上的皮囊中，除了各自的刀外。在牦牛群附近的草地上铺展牛皮，松下藏靴口管，将各自的刀插于头边，顶着星辰躺下了。可年轻的男人眨巴着眼睛辗转反侧，若有心事。他将手伸到布袋中摸了摸木碗，思索了片刻又枕于颈下，叹了口气等待入眠。

黑夜的幕并不长，夜色渐渐淡去。牛皮的周边露水晶莹在青草尖，自然舒展着睡姿，将手伸到青草上，这露水如冰水融化的露珠，湿润着掌心。山风轻抚指尖更添几丝清晨潮湿之意。年轻的男人将手缩进藏袍的怀里，年迈的男人穿着好藏袍说道：

“今天再翻过七座山，天黑之前就能到，起来，我们吃些东西，继续赶路。”

年轻的男人穿好藏袍，走到牦牛旁，边从皮囊中取出糌粑酥油，边用目光默数着牦牛的数量。之后他们盘腿坐在牛皮上，各自从怀里掏出木碗，用拇指和食指将糌粑和酥油搓在木碗里，团成一个小疙瘩，细嚼慢咽。就在此刻，年迈的男人先开了口：

“女婿呀，你真要把木碗送给你阿妈？那样也好。”

年轻的男人咽下嘴里的糌粑说：

“不，我改变主意了。”

“那你要送给谁？”

“回去就知道了。”

年轻的男人再没有回答，将目光转移到远处山顶。

简单地吃完早饭，他们整装后再次出发了。这次行进中，年迈的男人感觉到年轻的男人显得气宇轩昂，好像解决了什么难题一样。只是途中总是走在牦牛帮的后头，目光总是观察山岩上的山洞，还时不时地消失一会儿又赶上牦牛帮。

晌午时分，他们吃罢一些干肉，继续赶路。时间到了太阳快落山时，他们也就到了搭着黑帐篷的家里。随着牦牛帮的抵达，在几顶整齐的黑帐篷的其中一顶里走出两人相迎，一个年迈的老妇女抓着年轻男人的手，碰着额头，端详着年轻男人的脸和全身。而另一边一个年轻的女人抱着年迈的男人，他们在帐篷外短暂地相聚后，四人进了帐篷内。里面一股热气扑面而来，正中间的土灶上坐着两口锅，一口锅里煮着大块的牛肉，另一口锅煮着奶茶。土灶边盘腿坐着的几个人，都起身让座。有人向年迈的男人和年轻的男人端奶茶，有人塞牛肉。问这问那，聊这聊那，甚是热闹。

所有人都围坐在土灶边，黑帐篷内气氛热闹，单薄的黑帐篷集拢了温暖的气氛，体现了一个草原大家庭其乐融融的景象。此刻，男人们不计较行程中的劳累和潮湿的草地渗透靴子的艰辛。女人们忘记了为家庭的操劳和清晨背水时打湿脊背的辛酸。

这一家人，吃着喝着，说着笑着。男人从藏袍里露出一个胳膊比划着闲聊，女人侧躺着身姿斟着奶茶是黑帐篷里呈现幸福的最美画面。年轻的女人坐到年轻男人的身旁，她身着的藏袍干净且端庄。一双明亮的眼睛，就像山泉一般清澈，鼻梁高挺而不失俏美，像一座山梁由低滑而至高。面色白如酸奶，脸庞犹如在酸奶上用手轻抚过而留下的一抹浅浅的痕迹，嫩而略显粗糙。一张鲜红的嘴就像画匠特意勾勒出来的唯美之笔，整体端庄大方，有着一股野性之美，他俩有时会四目相对。年轻男人正对面是一个年迈的老妇女，头发斑白，整个头发梳成一对麻花辫，垂落于肩膀上。黝黑的脸庞上一道道清晰的皱纹，像是经历过生活的劳累所留下的痕迹。眼睛有些暗淡，像是搅浑的一眼山泉。可这双眼睛却是年轻男人心里最明亮的慧眼，在艰难的路程中时刻挂念着。一双粗糙黝黑的双手，手指显得有些僵硬，但这也是年轻男人觉得最柔软最温暖的双手，这些感受年轻男人是该懂得和记住的。

就在此时，年迈的男人提高嗓门有意地打断大家的喧嚣问道："女婿呀，你不是说回来以后就知道你的东西会送给谁？你究竟要送给谁呀？"

这句话将所有人的目光引向年轻男人身上。他以从容的表情对着大家，将手摸向怀里答道：

"是呀，就是一口小镶银木碗，我要送给……"

这时他突然显得表情紧张起来，起身后几乎摸遍藏袍的每个缝隙和角落里。最后他才将舌头一吐，双手一摊，用像是小孩犯了错害怕里带点愧疚的表情说道：

"我真是该死，竟然不小心把木碗给丢了。"

大家继续保持着安静，这时年迈的男人说道：

"好女婿呀，你该不会是故意让木碗消失了吧？"

"我怎么会故意呢？现在木碗都丢了，送谁都不重要了。"话音刚落，大家都哄笑了起来。年迈的男人继续追问：

"如果木碗没丢你会送你老婆还是你阿妈呀？"

"等以后再有一口木碗就知道了。"年轻的男人笑着回答道。

此时，大家的目光都分散了，土灶上的锅里冒出奶茶的青烟，奶茶的青烟轻飘香溢，袅袅缓缓升到黑帐篷外。可年轻的女人和老妇女的目光同时瞄向年轻的男人，这种目光似乎在问："那口镶银木碗如若没有消失，你会送与谁？"

《康巴文学》发表

藏 袍

一

几蔸香柴，悬系在黑帐篷内主支柱端，彻夜弥漫，野味沁香。在清晨干枯萎蔫，白皙的花萼已变灰淡，与黑帐篷外朦胧凌晨空杳一色。

这年吉央年仅十三，从缩在藏袍里的脑袋上，爬出了几条细碎的辫子，身下的羊毛毡和身上的藏袍间，焐热着少女身体内的汗味和羊毛的膻味，两种味道混在藏袍里，弥散出少女初次流出辛涩血液的气味。

黑帐篷内，最早将右襟袍系在腰间的叔父纽哇，移出埋在土灶灰中的火种，用牛粪碎燃起火苗。黑帐篷中间的土灶，一时灰飞，一时青烟漫帐。睡在帐篷左沿的大堂哥多热和嫂子拉措，被牛粪青烟呛醒。随即他俩的咳嗽声和青烟，弄醒了二堂哥边巴、三堂哥多丁、四堂哥多拉。各自利索地将盖在身上的藏袍系于腰间，在土灶右沿逐个晨醒。

牛粪青烟渐消。嫂子拉措在土灶上坐好铜锅，连续往里舀水。一勺勺短促反复的“咕咕”声，像是她嗫嚅的私语，未曾对这四个伴侣单独倾诉。土灶上铜锅里的水温渐热，嫂子拉措从铜锅里舀一勺水走出帐篷，叔父纽哇早已蹲在帐篷外，环顾着草原朦胧的天色，蹲着伸出双手。嫂子倾斜勺子引下了细细水柱，她目光只盯着水柱。叔父纽哇洗手净脸，呼出白袅的哈气，进了帐。

大表哥也走出帐篷，脸上挂着得意的笑影，仿佛余留着昨夜在藏袍里，将嫂子拉措压于身下几次的得意。嫂子拉措将羞涩的脸庞微微放低，微微侧过，倒出的水柱断断续续，像她对大表哥多热的情感，不能全心灌注。大表哥多热进了帐篷，回头几次目光还流连在拉措脸上，拉长到帐篷内。二表哥边巴走出帐篷时，才隔断了大表哥延伸拉进帐篷内的线，嫂子拉措将脸上笑影收回。二表哥边巴蹲下，合起手掌心。细细的水柱在双手间四溅起细小的水珠，嫂子另一只手做挡水珠样，目光却瞟着二表哥边巴有意投来的爱意。嫂子另一只手遮住了眼和鼻，只留上扬的嘴唇，让边巴心有余念地进了帐篷。嫂子正打量着铁瓢里的水位，三表哥多丁已经走出帐篷，将双手伸到铁瓢下，她倾下水柱。三表哥多丁一边在水柱下搓着手，一边环顾四周，顺便瞟一眼嫂子拉措的脸庞，三表哥多丁看到嫂子拉措微露的笑颜，认为是在对自己流露情意。三表哥多丁甩甩双手进入帐篷，四表哥多拉蹿出帐篷。四表哥多拉的目光僵硬地落在自己的手和水柱上，并未抬头。他年纪还小，一条水柱未倾完，湿漉漉的双手擦拭着脸，蹿进帐篷。

嫂子拉措就用了一瓢水，盥洗了一个公公和四个丈夫清晨污浊的手。她将瓢底余留的水，抛洒于空中划出一条半圆细线，深吸一口气，叹出一圆团白哈气，走进帐篷。

二

大表哥将帐篷上的顶帘掀开，帐篷内明亮了些。叔父纽哇这才推醒吉央。

吉央梳理着辫满百条细辫的头发，从藏袍里探出脑袋。细薄的双唇里发出模糊的嗯、呀声，抽动着翘挺的鼻子，嗅到帐篷内拌着糌粑的味道。她轻揉紧闭的眼睛，渐渐睁开惺忪潋滟的圆眼。这双圆眼分明借于麋鹿，闭目时突起，睁开时有神，注视时野性眈眈。她巡睃着帐篷内的叔父、四个表哥和嫂子的面孔。

帐篷最里侧，整齐地堆着四层装满青稞的皮囊袋，皮囊袋底部统一朝向帐篷门口。皮囊袋下方就是叔父的卧榻，厚厚的氆氇毡旁排列着几个小皮囊，里面是叔父自制的藏药。有晒干碾碎的狼毒草，有捣碎的蒲公英，还有一袋吉央尝到过——味道极苦的藏茵陈。叔父总拿这藏茵陈煎水，给肝胆不舒、前来投医的牧人服用。叔父的医术一些是民间配方，一些是家族传下来的老药方。因为正规医院路途殊远，买药又得花不少钱。于是叔父的自制藏药就很受就近牧人们的欢迎。这三样草药植物都是叔父指定吉央采来的，所以吉央很容易区分。

帐篷进出口内侧垒着几只马鞍、牦牛鞍和厚厚的方形氆氇。这些东西是父亲和叔父捍卫草原圈地，或叔父和四个表哥迎娶当时蒙头入门的嫂子拉措所用过的。现在搁置着远去的故事，静静地堆垒一处。帐篷入口另一侧堆着一堆牛粪，这些牛粪不知会烧出多少壶茶水，能燃起多少火苗，牛粪烟熏亮牧人一双双透彻亮丽的眼睛，也许这就是牧人眼力好的原因。嫂子拉措在铁瓢内舀了水，握着铁瓢把儿，朝向帐篷外，吉央就随即跟了出去。

帐篷外，嫂子让吉央提着铁瓢，回头望着帐篷走了十几步，又回头，又大踏了几步蹲下。上身保持端直，须臾藏袍裙底冒出与雾气相同的白气，裙底冒出的白气，尽像是女人毒辣的咒骂，低贱肮脏的诅咒，遮掩着一些羞耻不得挑明的廉耻。却不能抵挡对四个男人投来的性爱，近似演绎母系氏族女权，慰藉不能单存一份忠贞的情结。她起身，抖抖袍裙，返步吉央前。

吉央倾下摇摇晃晃的水柱，嫂子拉措在水柱下洗完手，接过铁瓢将细细的水柱倾倒在吉央的手上。她俩进帐，叔父和四个表哥围坐土灶旁，嘴里嚼着拌好的糌粑团。叔父从自己的木碗里抓出一团糌粑，递给吉央。

嫂子拉措没有接大表哥递来的糌粑团，自己在铁瓢里拌起了糌粑团。

三

吃过糌粑后，各自开始忙碌每日需要干的牧活。嫂子拉措提着木桶去挤牛奶，四个表哥则帮嫂子将母牦牛与牛犊一一分开牵拴。叔父将附近逃窜的绵羊收圈回圈中。吉央则要去翻几座山，把赶到山上的八头公牦牛圈回来。

吉央在大家的叮嘱中挪动步伐，往弥漫浓雾的山上走去。

远处山顶与天的交际，连绵着锯齿状山峰，锯断了吉央对山外世界的向往。远处天际与山沿连接处，能将行走的物体放大，这是牧民寻找牛羊所掌握的一种技巧。广袤草原，日夜交替。黑夜笼罩草原，像是张开了一张血盆大口，将整座草山吞进漆黑的口腔中，在晨曦里再吐出来，山体往外蒸发着白气，草山微湿，弥漫重山浓雾。

吉央凝视目力所及之处，雾气恰似在眼前铺展一道道白纱，前行几步，仿佛需要拨开一层屏障。她踩着碎步经过了红蚂蚁丘，红蚂蚁丘像一座固若金汤安泰的小帝国，蓄力地关上地宫城门，暂无卫兵放哨。吉央继续前行，蓝色针叶绿绒蒿叶上尖刺间晶莹水珠，叶不爹刺。吉央在山体的雾中近乎佝偻着身子挪步，还好身上的藏袍中间夹絮一层极薄的羊毛，没有给身体负重。只是随处坑坑洼洼的旱獭洞，使她行进的脚步趔趔趄趄。吉央倒有闲心揣测着洞内旱獭是否无忧地蜷缩着在洞里，度过余生——旱獭也许终生将在凿通的狭小洞中度过，而吉央也没有想到过今生会离开这片草山。

嫂子拉措挤完半桶牛奶，又返步另一头母牛的腹部底下，将木桶放稳在两颗肿胀的牛乳下，两只手拇指和食指间夹着圆柱短条的乳头，像是一头饥饿牛犊，用舌头与下唇含着乳头反复嘬吸。上下反复捏挤间，乳头到木桶，就断断续续连绵一条条细细白线，木桶内响起汩汩短促的声响。这让嫂子想起大表哥、二表哥还有三表哥对她私下倾诉的情语。

她的脑海里，正审阅着他们仨说过的情语孰轻孰重。突然，一头牛犊对着嫂子正在挤奶的母牦牛猛冲，母牦牛四肢慌乱，向后退了几步，踢翻了木桶，嫂子拉措仰面而倒。离嫂子拉措最近的大表哥见她倒地，以迅捷的动作朝拉措奔去，中间又停了下来——他瞧见二表哥正将拉措扶起。嫂子一边应着二表哥的话，一边用眼睛余光瞟着大表哥，大表哥转身将牛犊牵走了。嫂子脑中突然浮现一句忘记是谁说的话："如果我为草山圈地战死或远去做生意未归，其他兄弟会照顾你的。"嫂子一手扑打着身上的杂草，一手提起木桶走到另一头母牛腹侧蹲下……

叔父还在担心着吉央。四表哥远远地吼叫着走来，嘴里念念有词："残忍呀！"说着将抱在怀里垂危的绵羊搁到地上。叔父和其他三个兄弟围在一起念着经文。叔父蹲下抚摸着羊头肯定地说："是狼！该杀的畜生！"

被咬破咽喉的羊，从小拇指粗细、獠牙咬伤的伤口中涌出血泡，发出的哀嚎和呻吟，竟像是鸟蛇类发出的唼喋嘶哑声。最终，它还是睁着眼睛映出围观的人影和死寂的潋滟，直至两眼无光如同死水，渐渐地腹部也停止了急促的胀缩。

叔父脸色凝重，念着经文。大表哥和二表哥脱掉藏袍的右袖子，将左右袖子系结在腹前，走进帐篷提出了刀和锅，走向咽气的羊旁——怜悯被狼咬破喉咙的羊。用锋利的刀剖肚，倒像是结束羊的痛苦之举。三表哥和四表哥继续将剩下的几十头母牦牛和牛犊分开拴牢。

四

吉央到达另一座山丘时，草山天色虽然亮了一些，但雾气依旧未散。浓雾中隐藏着庞然野兽——吉央脑海闪出这种念头，眼前的雾气继续让她联想起，大嫂和二哥曾经消失在浓雾中。回来时，嫂子藏袍背后粘着杂草，她总会让吉央悄悄择净。这个时候，吉央就能闻到嫂子藏袍底下散发着的形成人类液体的气味。

吉央回忆着翻过了一座山岗，果然眼前出现了一个庞然大物，像是一头牛犊又像是一块黑岩石，向前几步，才发觉是一头牛犊大小的棕熊。她尖叫了起来，趴着的是头熊，它直起身子，吉央转身就跑。内心涌起的恐惧，她嘶叫着用所有的力气逃奔。吉央心里感知是跑不过棕熊的，而逃跑只是碰到危险的下意识退避。

而逃跑，激起了棕熊追逐她的兽性——十几步内，棕熊就将吉央扑倒在地。她继续顽强地向前爬行，像一只受伤的羚羊，拼命逃窜。棕熊再次猛扑过来，将吉央拍瘫在地，像一朵花蕾被雨水击打在地面。她已经没有任何反抗的念头，像是接受了大自然的野性与残酷规则的昭示。

瘫趴地面，吉央脑袋里浮现出一句话："人遭遇熊，会先被撕掉脸皮。"她用左右长袖盖住了头部，趴在地上。棕熊已在她的腿部上方，用粗狂的鼻气嗅吸，呼出低沉的哼哧。这哼哧像是雪崩，像是地震，震颤了吉央弱小的身躯和心脏，只能等待着死亡快点降临。棕熊两只前掌压住她的腿，使吉央动弹不得。她只感到棕熊重如百斤沙袋，强壮得像一块峭壁上滚下的岩石。

吉央瘫趴着，从腋下窥见棕熊大如铜锅的圆脑袋上，有两只小圆眼，如同两粒羊粪球。獠牙黄而锋利，像出鞘的女士小腰刀，上面淌着黏液，嗅到她大腿根部，狠狠咬了一口……

那一头，大表哥正在将刀的尖，刺进羊的胸膛，用锋利的刃顺腹膛划去——羊的腹中散发出一股热热的腥味……

这一头，吉央被棕熊咬破的后腿上散出一股腥味，疼得她直淌眼泪。藏袍被咬穿，破口处的肉体就袒露在棕熊口下。她像一只嫩弱的软体虫，被鸟类的尖嘴轻易戳破皮肉，流出鲜嫩的液体。

大表哥将刀从羊的腹中拔出，刀身沾满鲜血，冰冷的刀身吸附了羊体内的体温。他再次将刀刺深，顺力划下，散发出一股浓烈的膻气，内脏混着鲜血暴露在蔚蓝的天空下。

棕熊舔舐着獠牙间的鲜血，愈加兴奋。它再次咬下时，吉央感到极为疼痛，几乎昏厥。她仿佛觉得在大腿根上剜下了一块木碗底大小的肉。她嘶哑的哀叫声，就像是被雄鹰尖爪擒住的羔羊，发出的惨叫……

五

吉央几次欲爬起，又几度绝望。在这庞然大物的凶猛下，只能软弱地等待更凶猛的咬噬。顷刻，从浓雾中冲来一团黑影，发出咆哮之声犹如雷霆，重重地顶撞在棕熊的腹侧。棕熊退了几步，直立起身。面对猛冲的牦牛，抬高并挥起双掌，簌簌作响，鼻中发出粗犷的哼哧。

牦牛鼻中发出白色的雷霆，棕熊仰天张嘴发出低沉的嚎啕。吉央在牦牛与棕熊的咆哮下，再次倍感卑微和脆弱。

牦牛再次猛顶棕熊时，棕熊前掌顺势猛拍。棕熊被撞退几步，牦牛的右侧前腿也被划下了几道伤痕，鲜血直淌。

吉央迷迷糊糊中看见自家的牦牛竟然如此勇猛，心里清楚这是动物发自天性的解救行为。

牦牛鼓起脊背，做攻击之势，棕熊咆哮着站直身子，却不敢攻击。紧接着，雾气中又闪出几团黑影，又是几头鼻翼中发出雪崩般响声的牦牛，亮着双角做顶撞之势。棕熊龇牙嚎叫，转身逃匿于浓雾之中。

吉央用剩下的所有余力，爬起来往山下奔跑。她除了感觉大腿根在发热，已失去了疼痛感。她冲破雾气一直奔跑，踩到红蚂蚁丘上时，红蚂蚁像受到侵犯而自卫的人群，爬于吉央脚上狠咬。吉央并未感觉到红蚂蚁噬咬之痛，继续猛跑，像是从猛兽嘴里逃脱的羚羊。她栽倒在蓝色针叶绿绒蒿前，蒿叶上的尖刺像锋利的长矛，对着吉央的脸。

吉央的视线逐渐模糊，尽管山脚的雾已经散尽。她模糊的视线里，隐约出现了叔父的身影……

叔父抱着昏迷中的吉央，手上满是鲜血。叔父不停地絮叨，像是念经，像是咒骂，也像是祈祷。

跑到帐篷前的叔父，催促着表哥们取出小皮囊里的药物，他摩挲着吉央染血的藏袍，慌乱地往伤口敷上了三种草药。

帐篷里外一片哭声……

数月后的冬天，草原又成了一片银白的世界。纷纷白雪像一层厚厚的牛粪烧尽的白灰，覆盖整片山岭。

积雪中，一个步履踉跄的瘸腿女孩，赶着一头右前腿裹着布条的牦牛，一脚深，一脚浅地走向雪山的那边……

《现代作家文学》微刊发表

谶 语

眼睛里兜转浑浊的泪花，安详地放眼前方。视线时而落到近处，时而抛到远处。念珠在皲裂的食指上滚动，发紫的嘴唇上下翕动。老女人头发花白，脸颊黝黑。皱纹堆在额头，也堆在眼角，也横挂在嘴角，垂在脖颈。身着的藏袍厚积多年的油污。从头到脚裹了薄薄土灰，蓬头垢面灰暗无光。扎然凝视着老女人，依稀觉得她苍老的身躯怀着平静的心在等待死亡。扎然想象着自己衰老后的模样，递给了老女人几张零钱，叹息中若有思忖地朝他家走去。

他在县上读到初三时就辍学了，是因父亲去世而跟随两个哥哥放牧，到县上靠卖牛肉、酸奶、酥油来维系生计。

扎然认为命运的一半是天生造化，如果家人有钱自己就不致辍学；另一半则靠运气来改变，就像邻居一家把冬虫夏草卖了个好价钱，全家迁址县上。

扎然的家庭因父亲的去世而不完整，倒也没有因失去顶梁柱就瞬间崩塌潦倒，家中的三个男人扛起家累。可这一切对母亲的打击是重创的，她整个人变得消瘦憔悴，哭啼着在房屋里不断地续燃酥油灯，整日沉浸在痛苦中，像一层浓浓的乌云罩在她的头顶上。在扎然两个哥哥的商量下，他们决定带母亲转遍藏区的寺院，拜请活佛为父亲的亡灵超度，也使母亲痛苦的心得以慰藉。

扎然家和其他藏族家庭一样，不管家境富裕还是贫困都会将一部分钱财作为信仰虔诚的支出。行程到一个月后，他家的积蓄也差不多用完了，该回村里各自要继续为生计忙碌了。

这次他们肉卖少了，因为父亲去世还没过一年，他们三个兄弟分点主售酸奶和酥油。从县上到村里的家开车需要两小时，骑摩托车则需要三小时左右，扎然卖得很晚，总在傍晚时才回村，他最近一直遵循着这个生活规律。

今天的天气阴沉沉的，恰巧扎然的心情也有些低落，东西卖得也不怎么好，身心疲惫地将没卖出的酸奶捆在摩托车上，在傍晚的余晖下骑车疾驰在回村的公路上。

就在经过离村两公里处的几户人家时，前面突然闪出一道黑影，快速的惯性飞蹿中已来不及做出任何调整，不偏不倚地撞向黑影，随后碰撞出一些刺耳的声响。顷刻间，土路上的尘埃扬起，酸奶砸到地上四处飞溅，沿着摩托车在地上的划痕，溅出一道长长的血迹。瞬间灰色的土、白色的酸奶、鲜红的血迹，染成一幅惨烈的画面。紧跟着两声惨叫，一声是扎然从摩托车上被扔飞，翻滚到远处叫出的“啊！”另一声则是一条狗的惨叫。

扎然被抛到离公路几米远的土上，胳膊和膝盖都有剧烈的刺痛，嘴里泛着血味。他颤颤巍巍地爬了起来，站直后迅速打量了一下身体。脑袋里猛然想起一句谚语“不幸被马摔，有幸落沙地”，自己无大碍，微感侥幸。可是他要弄明白他撞的是什么东西，情况怎么样了？走到十几米远的摩托车边发现后轮和支撑杆间夹着一条狗，抽搐着奄奄一息。看到这个场景后扎然心里咯噔了一下，心里顿起惊恐的自责。他将摩托车扶正把狗拽出来后才发现是条怀有身孕的母狗。发现这点后他无力地瘫坐在地上，感觉不到自己身上的刺痛，直勾勾地盯着垂危的母狗。

就在此刻，一个身材肥硕的女人走到跟前嚷道：

“不走运的家伙，把我家的狗撞死了，跑不掉。”

扎然坐在地上没做回应，肥硕的女人放高声音：“你造孽呀，你真是造孽呀！”

扎然这才抬起头，起身说：“我没看见，真的，真的。”

肥硕的女人用很难听又尖锐的声音嚷：“反正你撞死了狗，你看怎么办？”

扎然还没有完全回过神来：

“我不知道。”

“那你还是赔钱吧！”

“多少钱？”扎然不假思索地回答。

“300 元。”

当他听到 300 元时才回过神来，想起路边的散户偶有把牲畜赶到公路上，造成碾轧进行讹钱。于是他决定一分钱都不赔偿，说道：“我真的没钱，阿姐，我把狗埋掉并且念经。”

肥硕的女人察觉到他不会赔钱了，就揪住扎然的衣领激动地喊：“你造孽了，不赔钱，走不了。”

这时扎然已被激怒了，就和她撕扯起来。可感到力量不占优势的他，想尽快摆脱这个难缠的女人，顺手扇了女人一巴掌。女人顿时愣住了，趁此机会他把肥硕的女人推倒，发动摩托车一溜烟跑了。摩托车疾驰的声音再大，可还是能听见女人的既刺耳又难听的吼叫：“我认得你，你等着。”难听的聒噪，后半截路上还一直在耳旁响彻。

到家后，扎然隐瞒了母亲，把事情告诉了两个哥哥。

“先看看你，伤到哪里了？我知道那个女人是谁，是个寡妇，平时就很霸道，只要这段时间躲开她就没事的，可阿爸去世不到一年就伤害了性命，造孽呀！”大哥说。

“这样吧，我认识一个很厉害的卦师。他算的卦很灵验，明天就带你去，看看怎么消除罪孽，会没事的，只要你没事就好。”二哥说。

翌日，两个哥哥就把扎然带到卦师的面前，把事情阐述给了卦师。卦师穿着一身白色袈裟，长发齐肩脏而蓬松，牙齿泛黄。

卦师不急不慢地将一根铁丝的一端放到炉子上烧热，然后在床上盘腿打坐，闭目念经做法事。直到铁丝一端烧红时拿起铁丝在自己的舌头上刮了几下，烧红的铁丝在碰到舌头的瞬间嗞嗞响，空气中弥漫着铁丝烧到肉的味道。这场面能让观看者感觉头皮一阵阵地发麻，他们的心瞬间被此举动所威慑到，心生崇敬。卦师丝毫没有疼痛的表情，对着扎然的脸吹了几口气说：

“你在父亲去世不到一年里，就伤害性命，起了恶缘有劫难。就到偏远的噶巴寺念经半年，半年后将这个锦囊打开来看，此劫就能躲过。”

两位哥哥不敢怠慢卦师的卦象，当天就将扎然送到噶巴寺，带着母亲租住县上，两位哥哥一直瞒着母亲这件事。

时过半年，全家人总算在村里的家中相聚，可好景并不长。谁想到，一串警笛声把他们家的安详打破，那个既熟悉又刺耳的声音再次出现了，是半年前那个肥硕的女人，带着几名警察冲进院子叫嚷：“不走好运的这家人，快出来，我可逮到你们了。”

除了母亲，他们都知道事由。两位哥哥严厉地让母亲待在屋里没让出门。三兄弟迎了出去，肥硕的女人一见到扎然叫得就更加放肆，仿佛要让全村的人都听到她尖锐难听的声音，她指着扎然喊：“就是他，就是他！”

两位哥哥互相示意了一下，把几名警察和肥硕的女人引到院子外面。几名警察对扎然询问后，把他和大哥还有肥硕的女人带上警车在一串警笛声中消失了，二哥回到屋里还在试图隐瞒母亲。

扎然暂时留在派出所内，大哥在派出所的院外焦急地踱步。母亲和二哥在家已是魂不守舍、坐立不安，只有肥硕的女人显得安然得意。

经过一夜的了解情况后，次日中午扎然同大哥一起回来了。这让正处于不安的母亲安心了，只是显得有些困惑。

得知扎然已经回村了，肥硕的女人顿时把愤怒挤到脸上，像是发怒的母牛，一双发红的眼睛像一对尖利的牛角，能刺穿挡她的一切。她冲到派出所逢人就骂，要讨个说法。

派出所的解释：违反治安管理行为已过六个月未接到报案和未被公安机关发现，案情轻微所以不应处罚。肥硕的女人听到解释后似懂非懂，眼看自己的强势受挫，索性就大吵大闹一番。像是厮咬中落败的狗，咆哮着几声挽回脸面。她最终在公安人员的劝退下，气急败坏骂骂咧咧地走开了。

扎然这一头在庆幸着躲过了官司，殊不知是已过诉讼时效的缘故，侥幸地避开了这次轻微治安案件的处罚。

他以为是卦师的预言灵验了。可还有一件事没做完，解开锦囊上面写有一段文字：

“为撞死的母狗，念诵一亿次的消除罪孽咒。”

今后，扎然要确信两位哥哥所言的谶语，还有自己表明对预言灵验的虔诚敬畏，要完成卦师预言灵验的兑现。

选入吉林文史出版社《角落里的琉璃》

串铃儿，噌噌

极弱的乐调从墙内飘荡到墙外，土墙壁面残留着一行脱落不全的“再穷不能穷教育”的字迹。乐调隐隐约约萦绕在土墙上。墙顶立着锋利的玻璃碴，玻璃碴尖似乎把阳光戳个稀碎，光点在玻璃碴尖闪烁。

院内，尘土扬起。一伙人，踩着矫健的步伐，跺踏地面。随扬起的尘土练着舞蹈，他们呈方队。一个头上系着红头绳的男人，站在方队前，跳一段，停一段。双手叉腰面对着方队指指点点，汗水在他的额头上积珠，也许是他年岁大的缘故，略显力不从心。

哧！院门口急停一辆汽车。一个年轻人蹿出车，耸了耸背包，走进院内，直朝双手叉腰的红头绳男人跟前走去。跳舞的人都注意到了年轻人的出现，可只有那个系着红头绳的男人，并未理会。他注视着方队里每个人的动作。伸直胳膊指指点点，继续矫正着舞姿。

许久过后，直到敲鼓的人停下手中的活儿，提醒他，有人就站在他身边，等待着他招呼时，他才把视线移到了身边的年轻人身上。

年轻人先开了口：“阿爸，我回来了。”

那个系红头绳的人并没有回应，把脸侧向舞蹈队，轻声吐出一句："路途累吗？"

年轻人回答："回家吧！"

红头绳的男人没有理会他，对着舞蹈队大喊："先休息一会儿，然后再跳一次。"

年轻人转身坐在敲鼓人让过来的凳子上，再没有应和系红头绳男人的话。年轻人表情微显烦躁，开始扒拉着手机，偶尔无意间会瞥一眼舞蹈队里年轻的女舞者。

红头绳男人再次指着击鼓的人，舞蹈队就自觉地维持好了队形。开始跳起伊舞（藏族传统舞蹈之一）。但这次红头绳男人没有领舞，只是时不时矫正着其他人的舞姿，不经意间瞄一眼年轻人的方向，可年轻人没将目光投过来。

舞蹈结束，系红头绳的男人让舞蹈队的人各自收拾好东西，宣告练舞到此结束。然后他蹬上摩托车，示意年轻人跨上摩托车。年轻人步伐没有加快，慢慢地挪动步子，脸上显露僵硬的表情，像是弱弱地暗示着自己等了较长时间的不满，迟缓地跨上摩托车。

他们回家的途中没有对话。

到家，年轻人下车进屋，被他的母亲迎面拥抱，打量着。他母亲说话的语速很快，这分明是激动的反应，是母爱表达方式的涌现。她连串地问道："累不累？饿不饿？想吃什么？我煮了肉，是特意为你煮的。"

"阿妈，我不累，我吃点肉就行了。"年轻人卸下背包回答道。

年轻人坐下后，阿妈给他倒好了茶。红头绳男人进屋坐下后，阿妈也给他斟好了茶。一盆大块牛肉，也就摆在这对父子面前的桌上。

阿爸右手指尖捏着小刀背，刀尖朝外，另一只手抓一块肉递于年轻人的手里。年轻人一手握住刀把，一手接过肉，刀刃朝外削着肉。刀在肉上留下浅浅的割痕，显得刀钝，肉硬。红头绳阿爸看着他割肉极其别扭，摇着头表示指责。年轻人的阿妈见到他割肉生疏，先是一笑，然后从他手里接过刀和肉，刀刃朝里，在掌心里利落地割下一小块一小块肉，这肉在她手里，似乎变软了，刀也变得锋利，撮在掌心送于年轻人面前。

红头绳阿爸嚼着肉说："这次能待多久？"

年轻人嘴里的肉嚼得费劲，回答："我刚考上文工团，没有太长的假，就一个星期。"

红头绳阿爸说："假期太短了！"

年轻人说："阿爸，这算长了。"

红头绳阿爸说："你在这次假期里，一定要学习伊舞，这次是个机会。"

年轻人没有回答，还是使劲咀嚼嘴里的肉，表情里有丝抗拒，是对红头绳阿爸所说的话，不满。

红头绳阿爸继续说道："这个假期你就和我一起去我的伊舞队里，边学习传统伊舞，边给伊舞队搭把手。"

"我不想学伊舞。"年轻人果断地拒绝道。

红头绳阿爸脸色须臾阴沉下来，年轻人察觉到红头绳阿爸的表情变化，就没再说话，回了自己的房间，小音响里放出了流行歌曲。他躲进屋里，其实是在躲避父亲的心愿。

阿妈边打量着阿爸的脸色，边斟茶说："孩子不想学伊舞，就不要强迫他了，反正他现在不用指着伊舞，他又有工作，不必担心……"

没等阿妈说完，就被阿爸打断："你懂什么？学伊舞的人越来越少，已面临失传了。"阿妈再没有说话，继续给阿爸添上茶。

翌日，红头绳阿爸早起叫醒年轻人："热哇，起床！跟我走。"

热哇懒懒散散地起床，起床的动作像一头笨重的老象起身，迟缓，不情愿。热哇洗好脸，阿妈早已把糌粑和酥油添在了父子俩的碗里。阿爸吃完糌粑，热哇没有动碗里的糌粑，只是咬了几口油饼。

"怎么不吃？要不我给你拌好吧！"阿妈焦虑地说。

"早上吃糌粑，对身体好！"阿爸补了一句。

热哇不屑地说道："我不想吃，我怕不消化。我吃过油饼了。"

红头绳阿爸和阿妈见热哇执意不吃糌粑就没再逼迫他。然后父子俩出了屋子，乘摩托车离开。

到练舞院内，红头绳阿爸让他坐在伊舞队前面的小凳子上，正面对着伊舞队。可还是发生了阿爸担心的事。热哇并没有把心放到眼前的舞蹈上，不是玩手机，就是闭着眼睛塞着耳机听歌，只是时不时地望向伊舞队里那个年轻的女舞者。

红头绳阿爸有些沮丧，后头就忙着矫正伊舞队的舞姿，顾不上热哇了。这一天结束，父子俩回家的途中没有对话。行驶的摩托车像一把抛出的藏刀，划破归家途中的空气。

两天后夜里，热哇看着电视，红头绳阿爸很晚才回家。阿妈为晚归的红头绳阿爸张罗好晚饭，热哇给阿爸斟茶。红头绳阿爸吃过晚饭，缓了口气说："明天，我们舞蹈团队要去赛巴村跳舞。热哇你也跟着去。"

热哇将茶壶重重地搁在灶上："你们去了会给钱吗？那么远，你年纪也不小了，别去劳累。"

阿爸立马回应："这不是钱的问题，赛巴村的村民一直有很强的意愿观看伊舞，我们就要自发赴赛巴演出一场。”

“他们要看表演，有文工团的人可以去！你们没必要去！”热哇顶撞。

阿爸表情阴沉地说：“你现在虽然在文工团里有工作了，但别忘了，我们家族世代跳伊舞，而且都是领舞的。我早该要告诉你，你有工作很好，但不能断了伊舞的传承。”他以严厉的口气继续说道，“你在外地上学，有三年没学过伊舞了，这次无论如何都要补上。”

热哇说：“阿爸，现在看伊舞的人越来越少，况且现在的人都不怎么爱看伊舞，又不挣钱。”

阿爸果断打断了热哇的话，用严厉的语气训斥：“只要我们家族的血液在流淌，有我活着的一天，就不能让伊舞失传。”

热哇洞悉到阿爸的怒气，再没顶嘴。

他回了自己的屋子，是躲避。

清晨，阿爸起得很早，穿好了跳舞的长袖藏服，叫醒热哇。他们吃完早饭，热哇早饭依然没吃糌粑。

父子俩骑摩托车到练舞的院子里，院中间已停有一辆卡车。卡车车厢上面站满了穿着长袖藏服的舞蹈人员，还载着一面大鼓。舞者们靴子上套有一串串铜铃，随着他们身体运动的频率，噌噌乱响。

红头绳阿爸的串铃暂时由热哇收着。热哇将阿爸的一串铜铃装进了衣兜里。舞者们让红头绳阿爸和热哇坐进车厢内。

卡车在朝霞的浅光里，驶离院子向逶迤的公路行进。卡车发动机发出轰轰声，车厢外人声嘈杂。车厢内几乎寂静，热哇坐在车厢里一言不发。望着车窗外，他着意或无意地躲避着阿爸的目光，像是对这次出行不情愿的态度。红头绳阿爸似乎察觉到了这一点，是通过注视后视镜里的热哇，看到他冷漠而略带烦躁的表情，判断出来的。

卡车从破晓时分行驶。到晌午，在离赛巴村几十里远的土路上卡车突发状况。车厢里外的人都下了车，开始为这个蹩了脚的铁家伙，出谋献计忙碌起来。只有热哇手插着衣兜，无动于衷地站着。红头绳阿爸和年纪大的人并未表现出焦急。红头绳阿爸开始指挥其他人捡石头，让年纪大的人退到离卡车较远的地方。

最后红头绳阿爸走到热哇的跟前说："都在动手，你也去看看能帮到他们什么。"

"我就说，出来是受罪，你们又不是专业的跳舞队。"这句话是热哇压抑不满心声的迸发。

这次红头绳阿爸表现异常，没有和他说理，转身走到卡车边，让年轻的男舞者用铁锨在陷轮下的轮胎前后挖坑，然后在坑两头先填碎石，再垫大石块，让其余的人从车的后面、侧面推动。围观的年纪大的人也投身其中。唯独热哇没有感染到他们齐心推车的撼动。站在热哇身边的年轻女舞者先开口了："藏服上佩戴的饰品限制我的活动，我怕推车的过程中弄掉佩戴的饰品。"

热哇接着女舞者的话："你是女孩，你也帮不上忙。"

"我是女孩，我帮不到力气活，可我不想阿爸一个累着，从大学毕业后回村就跟我阿爸跳舞。"女舞者语气平静地说着。长衣袖指着一个使劲推车的暮年之人，继续说，"那就是我阿爸，他还会吹笛子。"

热哇看着女孩的侧面，沉默了。女孩只是专注地望向她的阿爸。

所有人都很齐心，卡车像蓄力的牦牛俯身猛冲，轮胎像牛蹄蹬踏地面，蓄力蹬地扬起尘土，蹿出被陷的坑。这股力量，似乎昭示着伊舞队所蕴含的韧劲。

大伙儿各自回卡车上的原位。

“卡娃拉毛。”年轻女舞者被她阿爸叫了上卡车。热哇回到车厢，父子俩依旧没有对话。阿爸没有指责热哇，反而热哇不时地通过后视镜瞄着阿爸的脸色。他好像受到了女舞者话语的触动。

接下来卡车顺利地开到了赛巴村。

舞蹈队到村里时，已经有村长和为数不多的村民在村里较平坦的场地边等待着。现场摆有两个音箱，小桌上放着一台功放和一台 VCD，有发电机供电。

伊舞队迅速下了卡车，他们整理着装，等待跳舞。

当地村长在嘈杂的话筒声中喊出：

“喂……喂！各位村干部、各位村民们，今天是个好日子，我村再次引来了糌粑节，我代表村委会及全体村民表示庆祝。下面开始表演节目！”

一名主持人接过话筒，对着话筒：“下面有请本地歌手江永献上一首《赞美故乡》，大家鼓掌欢迎！”

第二个节目就是伊舞。主持人简单解说后，红头绳阿爸及伊舞方队开始跳起舞来。喇叭中放出了音乐，红头绳阿爸领着方队，踏着有节奏的步伐，挥起长袖，舞动起来。热哇站在音箱旁边，面无表情地望着阿爸挥汗的舞姿。舞蹈过半，音乐突然停止。老音箱又出现了老毛病。

在场的观众先等待，然后发出唏嘘的号叫声。舞蹈队不得不终止跳舞，他们像是一群驰骋的羚羊，遇到崖沟时猛然止步，显得扫兴。

热哇看见观众们不耐烦地号叫，开始显得焦急。村里的人一时也排查不出老音箱的问题，场面陷入吵闹和混乱的僵局。

就在此时，阿爸示意鼓手和年纪大的人，让他们从卡车上搬下东西。鼓手和几个人从卡车上搬来了鼓，一个老人（女舞者的阿爸）从怀里掏出笛子。这才知道，他们跳舞的任何人，摇身一变就会从舞者转型鼓手和笛子手。阿爸再次调整伊舞队的队形。在笛子和大鼓的伴奏下，舞蹈队重新跳起舞来。

热哇开始有了动静，走到鼓手跟前，接过鼓棒，用下巴指向舞蹈队示意鼓手归队跳舞。

热哇注视着笛子手和红头绳阿爸给出眼神信号，他将阿爸的铜铃串系在手上，随着笛子声、击鼓声，舞动起来。此时，看得出红头绳阿爸脸上的笑容洋溢着自豪和幸福，姿态翩翩地挥动长袖。舞者们脚上的串铃和热哇手腕上的串铃有了一致的节奏，舞者们通过身边串铃发出的噌噌声，卡着跳舞的节奏。

舞者们挥起长袖，纵身跃起舞姿，摇曳着身上的串铃。由缓至疾噌噌响，萦绕在观众的耳畔。跳动的舞，捶击的鼓，清脆的铃，悠扬的笛，让观众的心跳与这些奏乐一致。先是轻巧平静，后来就急速澎湃，心律随之起伏激荡，久久响彻在耳畔，噌噌……噌噌……穿透耳膜留在心里。

这声音像是倾诉，是系着红头绳阿爸执着传统伊舞的心声。热哇腕上响起的串铃儿，与红头绳阿爸产生了一种齐心的心律。噌噌……噌噌……噌噌……

《青海湖》发表

公 主

蕃谊写字楼第三层第四间，小隔断办公间内，发出频频敲打键盘的声音，伴随着一口水吞下的咕噜和靠背椅小幅度移动的吱吱。七人间办公室，每日重复单调工作近乎沉浸在寂寥。

在北京，每一栋楼的某一间办公室，就有一间是萦绕着沉闷气氛的。其中一小隔断间的桌子上摆放着的电脑左边，搁着一小盆含羞草。电脑屏右边放有半杯养生茶，杯底沉坠几颗黑枸杞、一根冬虫夏草，蜂蜜黏稠在底下。这些东西似乎对她身体起着滋养作用。头发乌黑，皮肤白嫩，小唇鲜红，眼白洁净，云云。尤其是上身白色衬衣将她的美貌衬托到惹人眼球的程度。这是一个成功的上班族女人，干净，自信，会花很长时间打理自己。她晃了晃杯子，又发出一声咕噜咽下一口自己配的养生茶。北漂几年，她听惯了办公室单调键盘声组成的乐章，偶尔会伴着几声咳嗽，她感到有些乏味。

翻阅着邮件，有一份她反复看了几遍：

如果说，长袖挥起的是豪放，倒不如说长袖挥起的是疆土辽阔。

如果说，山歌唱出的是爱情，倒不如说山歌传唱的是祖辈心声。

如果说，哈达献上的是赐福，倒不如说哈达传承的是民族气节。

——投稿人才巴，青海玉树

她并不知道青海玉树在何处，只是反复读了几遍这段。

嘀嘟！“来我办公室，现在。”手机上讯息显示。

她睥睨桌上手机一眼，艳冷的脸上，更添了些阴郁之色。食指轻轻戳了戳含羞草，叶片合拢，叶柄垂收，她脸上露出短如烟花般的笑颜，含情脉脉地凝视着含羞草。在这间办公室内，有幸独享她主动流露美艳的只有这盆植物。她猜忖着什么，立刻收回脸上笑容，回头望了一眼经理办公室，吐了口长气，双腿蹬开身后的椅子，站直身，双手下拉白衬衣襟边，走向经理办公室。

咚咚咚！她用勾起的食指，轻敲总经理办公室的门。

“进来。”一声粗犷的声音应道。

她推开办公室门，一股浓香咖啡的气味扑鼻。

“赵栖芳，坐。考虑好了？你就和我留守办公室，让其他人赴玉树藏区取景。”

她并未回答。微低头，目光落在高跟鞋鞋尖近处。

“就这样决定了，通知大家开会。”总经理从嘴前冒着热气的杯子上命令道，眼睛一直瞄着她转身后的背影，目光最后锁定到她转身后的臀部上。

她返步办公桌前，坐下望着含羞草，脸上更添了黯忖表情，叹了口气，起身对邻桌的张秉说道：“总经理说一会儿开会，通知大家吧，谢谢！”

张秉像是被电流触击到了一样，猛起身，左右晃悠着脑袋大声喊道：“大家注意了，一会儿开会。”

其他人的表情自然是呆滞的，隐约能听到鼻中发出了一个弱弱的："嗯。"

他们继续敲打着键盘，办公室内又恢复熟悉的单调寂寥声。

会议室内早到的总经理，用眼光打量着陆续赴会的人员，心里清点赴会人数。这默默思量的眼光，更像是在等赵栖芳。

她依旧在办公桌前朝着含羞草发呆，嘀嘟，"别迟到。"张秉讯息。她拿起手机，纤细手指摁了手机屏幕几下："什么时候娶我？马上回答我。"发送，总经理。

嘀嘟，"再给我点时间。"回复。

她冷冷一笑，像是下了什么决心，再次戳含羞草时，更像是决意后的击掌。等赵栖芳走进会议室后，总经理收起正在偷瞄的手机，清清嗓子声明正式开会。

"……以上会议内容结束，现在开始统计自愿赴藏区玉树取景的工作人员。"总经理郑重声明。等总经理看到报名的六人名单中，清晰地写着"赵栖芳"三个字后，脸上表情须臾凝重，重如铜铸。脸颊皮肤僵硬，生冷。

总经理在大家面前再次庄重宣告："好！以上数人可以赴玉树取景，有没有需要更改的？"发现并未有人更改。总经理用严肃的语气宣布："这六人，三天后出发，全行程由公司安排，具体行程会发到手机上，散会！"

下班后，赵栖芳并没有和任何同事道别或同行，独自乘坐地铁。她坐在角落里，目光飘无定所巡睃着车厢内形形色色的人。目光无意落到一对拥抱的情侣身上，她收回目光。又扫到专注看手机的人，她再次缩回目光。最终落到一个孕妇挺起的蛮肚上，目光久久定在上面。

回到出租房，将手机插到电源线上，一些讯息显示出来：

“未接来电。”总经理。

“美女，不吃夜宵了？”小丽。

“你什么时候走的？我还想送你呢。”张秉。

“怎么不接电话，你什么意思？你离开一段时间也好，我会尽快处理好这边的事，然后和你结婚。”总经理。

她只是发了一条讯息：“亲爱的小莹，照顾好我的羞羞（含羞草），回来谢你。”调到飞行模式。吃了点零食。脱光衣服，在喷头下让温水清润着她白皙细嫩的肌肤，擦净身体便躺下了。

三天后，赴玉树的六人，早晨在公司门口集合。总经理和几个同事将他们送上单位巴士，总经理和每个人握手告别，与赵栖芳握手同样是显得再正常不过的领导送别礼仪。那天赵栖芳穿一身紫色户外装，佩戴彩色太阳镜。但仅露出的手和脖颈依旧显得肌肤白皙。他们六人登上公司巴士，巴士驶向首都机场方向。

途中，几个同事有说有笑。赵栖芳，脸朝向车外，擦拭着流到下巴的泪水，没有让任何人发现，也没理会任何人，直到抵达机场。操办好登机手续，她和同事小丽聊着初次进入高原的见解和注意的事项，还谈到了对抗缺氧的方法。

随着飞机冲刺，仰起，渐渐远离了北京。她望着小窗户里的白茫茫光景，突然意识到自己并不属于北京。尽管北漂几年的生活，积攒着收入，栖得固定住所，也许太过偏执，只想得到北京户口了。眼睛内模糊，眼睛里泪光含糊，机舱窗框外云雾模糊。

倒腾数个小时后，他们终于抵达藏区玉树。同行的六人并无严重的高原反应，虽感到脑袋轻微疼痛，但他们都能忍耐。

在酒店休息的赵栖芳并未显得轻松，反而有些沉闷。手机屏幕显示：“到了，报平安。”总经理。

回复：“我到了……”可她又删除了。手机扔到床上，裸体走进浴室，温水依旧像温暖的手抚摸着她细嫩的肌肤。她抱着自己，捂着头，蹲在喷头下，淋浇着全身，如淋雨的幼鸟一般显得脆弱。

手机里显示：三天记录国际漂流节玉树分站。两天参加玉树赛马节。

她擦净身体，关灯，躺进被窝。手机调到飞行模式。第一次在高原度过，很晚才入眠。夜间做了一些与云朵、雪山、自己在飞，还有与总经理相关的梦……

早晨同事七时就敲了门。洗漱后的他们先后聚到餐厅用餐，先到的同事聊着昨夜睡眠状况。赵栖芳走进餐厅时，又吸引了餐厅内人的眼球，一抹鲜艳口红，让她的美貌更具艳美。她坐到同事小丽和 Anna 旁，她俩很谈得来，也共同喜欢旅游。对这次藏地玉树考察取景，她俩显得兴奋。张秉一边和其他的男同事唏嘘，一边看向赵栖芳享用晨餐。对于张秉而言晨餐无味，只顾着视觉享受赵栖芳用餐时的曼妙。

晨餐后，他们坐上公司订好的大巴车。张秉一直站在车门旁，显得并不着急。直到赵栖芳登上大巴车后，张秉才登上车，看到赵栖芳身边有空位时，朝着空位加快步伐，可还是被 Anna 抢先。张秉一脸沮丧，找就近空位重重地将屁股砸到座位上。

赵栖芳望着车窗外，眼帘内任何人和景都能吸引她的眼球。这里的人皮肤有些黝黑，街角没有高耸的建筑。尽管远处山色油绿，阳光也灿烂，但高原清晨依旧有丝雪山的寒。三天行程内，赵栖芳的脸蛋紧裹在紫色围巾里。围巾外一副反光大墨镜，更添几分魅惑。其实这三天她在工作期间，总心不在焉，身在草原，心却在牵挂总经理那头的事态。第三天晚上，她编辑了一条短信：“那边事态如何？”总经理，发送。

“你过得怎么样？我正在抓紧办，现在不方便。相信我，快了。”

她将手机甩到床上，裸身走进浴室，一个白皙的身体模糊在浴室的玻璃隔层内，里面冒着热气，一阵阵哗哗水声，像是掩饰她在抽噎。

她擦净身体，打开电脑翻阅邮件，迅速瞥阅新邮件，最后在“如果说，长袖挥起的是豪放，倒不如说长袖挥起的是疆土辽阔……——投稿人才巴，青海玉树”上停留了目光。她仿佛思索着什么。这夜更像是带着好奇入眠。

翌日，他们要参加玉树当地的赛马节。各自将手机、相机、摄像机整宿喂饱了电，准备好了为今天草原的节日捕捉美景。

到会场，他们一行人坐在安排好的座位上，开始观赏上午的藏族舞蹈。轻快的节奏，引来了一排穿着色彩斑斓宽松长袖的男舞者，伸展臂膀迈开大步，挥舞着长袖，时而在半空中划着圆圈，时而旋转着扬起藏袍襟，像是雄鹰翩翩展翅飞旋。伴随的女舞者，轻快地踩着碎步，扭着腰肩，身段娇俏婀娜曼妙，像蝴蝶追随花瓣飞舞。他们不停地拍摄，捕捉美景。

下午时他们观看马术表演。马术骑手，多数都留有长发，上身穿着轻便的衬衣，下身穿有宽粗的彩裤。骑手在马背上灵活迅捷，双腿夹紧马背，张开双臂，衣袖随风飘动，长发逆风潇洒飘逸，尽显宽阔胸襟。骑手在马背上挥着投石鞭，骑行中先是向前一送，然后往后一扬，投石鞭发出清脆的“叭”。

马背上耍枪击的骑手，土枪利索地在双手间和上身游刃，甩到身后，耍在头顶，又穿梭在马的腹底，骑到靶前寻找机会瞄准放一枪“嘭”。

也有骑手，在疾驰表演时遭遇人仰马翻折枪，骑手须臾起身，追逐马匹再度纵身跃上马背，引起观众吼叫“咯嘿嘿！”助威。骑手们在马背上诠释着洒脱、勇气、自在。骑手和马拴着人心，看得激动澎湃。

这天节目结束后，到宾馆的赵栖芳才感觉到了藏区的魅力，将这些天心存的阴郁阴影一念间忘净。她打开电脑发送邮件：“我在玉树，你发的稿件我读过了，我决定刊登。”发送。

“非常高兴能刊登。谢谢你！”回复。

“不谢，我现在也在玉树，亲身体会到了藏族风采。”发送。

“那就好，你适应玉树吗？在玉树玩得好吗？”回复。

“第一次来玉树，什么都稀奇，只可惜没能逛景点。”发送。

“这个好办，我可以做导游，带你去景点。”回复。

“那不好吧，我不愿意麻烦别人。”发送。

“不要想得复杂。我特别愿意带你到景点，只要你有时间，就不要客气了。”回复。

“那好吧，麻烦你了。”发送。

“你想去哪个景点？”回复。

“明天上午公司有事，下午就想去文成公主庙，两点以后吧。”发送。

“就这样，下午来接你。”回复。

赵栖芳一边回味着投稿片段“如果说，长袖挥起的是豪放，倒不如说长袖挥起的是疆土辽阔……”，一边查阅着文成公主庙的资料。这时门被敲响，她穿好睡衣喊道：“谁呀？”

“我，张秉。”从门外传来。

“什么事？”

“我有事要对你说，开个门吧。”

赵栖芳开门，张秉红晕着脸，靠在门框。

“什么事？”

“让我进去说吧。”

赵栖芳侧身让进张秉，闻到一股酒味。

“坐，什么事？”

“我想说，我这次来玉树是为了你。”

“你要说什么？”

张秉每次开口说话，都吐出一股浓浓的酒气，赵栖芳有意退避。

“赵栖芳，我告诉你，我喜欢你很久了，希望你懂，能接受我。”张秉口齿含糊着说道。

“如果是这事，我不想听了。”赵栖芳不耐烦地回答。

张秉脸上露出阴沉和得意的表情，说道：“我知道，公司的人传言你和总经理有染，我才不在乎，我知道你们不可能……”

还没等张秉说完，就被赵栖芳打断：“别说了，没其他事你就走吧。”

张秉脸上再次露出不满的表情说：“我说的是真的，我不在乎，我能照顾你。你还不知道总经理是什么样的人……”

此时赵栖芳一直抑制的情绪还是爆发了，嘶叫：“你给我滚。”

张秉从未见过发怒的赵栖芳，酒劲醒了一半，迅捷起身，又像是被电击般，溜出房间门。

赵栖芳重重甩门，锁紧门，躺进被窝，关灯，枕头上湿了几滴泪。

次日上午在草原上，张秉离赵栖芳很远。中午吃过午饭后，赵栖芳联系到了玉树才巴。她这次穿了一件白色的长裙和一双黑色的皮鞋，跟儿不高。她娉婷立在路边，微风摆弄裙襟引得几辆汽车停靠。直到确认是才巴后她才上了车。

才巴在车里先开口：“你好！很高兴见到你。”

“我也很高兴，麻烦你了。”赵栖芳客气地回答。

他们第一次会面，用了自己具备的文明和礼貌，言语谨慎。

“到藏区就不用怕麻烦，看后背就知道是你，汉族女孩背肩窄藏族女孩背肩宽，我就认出是你。”才巴热情地应道。

“是这样吗？”

“是的。从现在开始我是你的导游，向文成公主庙出发。”

途中他俩话语变多，语速变快，声音变大。沿途中赵栖芳不停拍着风景，也会问着路边的景物。

汽车驶向勒巴山沟崎岖狭窄的山路，紧贴着通天河急流泛浑的河岸缓缓行进。才巴发觉了赵栖芳脸上的不安，察觉到了她害怕狭窄的山路，害怕湍急宽阔的通天河。

赵栖芳猛然心生暗忖，是她执意离开北京的决心，让自己置身于眼前这个惊险的境地。通天河沿岸的山路只比汽车宽几步之距，蜿蜒兜转一时看不到路的尽头，竟让她自怜走不出的感情错路。现在身处危险境地，竟像是身临绝境后的自省。

车子一慢再慢，缓驶在勒巴沟内（藏意为美丽的沟）。山沟两面的山绿莹莹，繁茂的松柏树在阳光下散发着沁人的香味。绿灌木沿着山泉溪流葱葱连绵深山处。车子就行进在山谷中的窄道上，他们挤在车里。就在赵栖芳眼里映入这些景物时，车子停在路边，才巴让赵栖芳下车，徒步指着河里刻有玛尼的石头说：“这是水玛尼石。”又徒步几十步指着崖壁上凿刻的玛尼石说：“这是山玛尼。”

“我知道，是文成公主途经时留下的吧？”赵栖芳说。

“也有嘉那·道丹松曲帕旺活佛留下的，还有当地人的祖辈。”

才巴笑着说。赵栖芳也笑了。

他们上车，又行进了一段路程。车子最后停在一个前有绿林，后有溪流的草坪上。才巴搭了一顶小活动帐篷，里面铺好了垫子。让赵栖芳进帐篷内，两人盘着腿坐在里面，聊了起来。这时，才巴从车的后备厢取出三瓶啤酒，几瓶饮料，走进小活动帐篷内。他脑袋伸进帐篷的瞬间，嗅到一股淡淡的香水味。赵栖芳已经解下围巾，露出白皙的脖子。才巴盘腿而坐，将啤酒放下，饮料递给了赵栖芳。才巴用牙咬开了啤酒，将啤酒向赵栖芳伸了过去："欢迎你来玉树！"自己灌了一大口。赵栖芳将饮料放下，指着啤酒说："我也来一瓶。"才巴迟疑地用一瓶啤酒开启另一瓶啤酒，递给了赵栖芳。

赵栖芳伸直胳膊说："喝！谢谢款待。"聊天间，啤酒酒花慢慢到了底部，三瓶啤酒已喝完。

"还有啤酒吗？"赵栖芳白皙的脸蛋透出淡淡的彤红。

"有呀，春天的草原啤酒要必备，有一箱。"

才巴搬来一箱啤酒在小帐篷内，开始喝了起来。啤酒，一瓶，一瓶见底。天色，一片，一片渐黑。两人脸庞，一点，一点变红。话语喃喃，一句，一句迟钝。

"我问你呀！文成公主从那么远的地方跋涉，嫁给一个不认识的人，当时的她会有什么想法？"赵栖芳歪着脑袋，头发垂到一边，红晕的脸蛋，眼睛里闪烁着潋滟的问题。

"还能想什么？都走这么远了，想回头是不可能了，只能继续走吧。"才巴依旧笑着回答，灌了一口啤酒。

俏锁眉头的赵栖芳，舒展了眉毛，嬉笑起来。接下来他们互相笑睃继续喝着啤酒。

时已暮色，两人各自倒在小帐篷的两边，中间躺着二十几个叫嚣的空瓶，像是炫耀弄倒了两人。赵栖芳眼角滑落隐形的水渍，她不承认是眼泪，更像是保守在心里想说的秘密化成透明的水渍。才巴全然不知，酣睡。

等他们醒过来时，身体被夜色中的寒气渗透，凉飕飕的。漆黑的夜空已经挂满了繁星，月牙发出淡淡的冷光。整个山谷洒满银光。

才巴迅速起身，叫醒赵栖芳。赵栖芳迷糊着睡眼，揉着自己的太阳穴，挺直了身姿。

“快点，收拾一下，我们睡过头了，得赶紧返回。”才巴显得着急。

“我头有点痛，而且这边好冷。”赵栖芳双手抱着自己。

才巴发动车开了暖气，让赵栖芳进车里取暖。

“我把帐篷收了，我们现在就回。”才巴显得焦虑。

“我们要赶夜路？一定不行，你酒劲儿还没醒好，不能开车回去了。找个有信号的地方就行了。”赵栖芳用稍重的语气说道。

才巴将车开到山坡上有信号的地方。赵栖芳打了一通电话：“没事，我和朋友在一起，不要让其他人担心，我明天早早就到宾馆……就这样。挂了。”向才巴示意可以回去了。

才巴缓缓地将车开到山沟内仅有的一户牧民家。不知道他向牧民说了些什么，就借到了两条棉被。才巴将车开回小帐篷旁停下，从车里拿出棉被。在小帐篷内，一个铺展开当褥子，一个盖到上面当被子。他回到车内对赵栖芳说：“牧民借给了我最干净的被子，虽然有点味道，但比你睡车里舒服。”

赵栖芳锁紧眉头问：“那你呢？”

“我睡车里，我当然要保护你呀。”才巴脸上依旧存有笑容，即使在黑暗的夜里。

才巴将赵栖芳送进帐篷内，对着她说："不要怕，我就像守护公主那样守护你。早点睡，明天天色微亮我们就要返回。"

赵栖芳的确在帐篷内嗅到一股从未嗅过的气味，但比起外面的漆黑空杳，她更愿意待在里面，盖上了被子，警觉聆听着夜空原野的一切声音。她能听到野鸟不时地从山顶传来的啼叫，野性动物远处窥视的嚎叫，近处爬行的公虫子趴在母虫子屁股的轻薄。她开始想起办公室里寂寥的敲打键盘的声音，也想起了和总经理缠绵的床铺。但她此时更用心聆听着狂野的声音，周遭原始的发自喉咙的颤动，还有扑扇翅膀的扑哧声。静让她听到了内心未触及的频率，想到自己的安全竟交给了一个不熟悉的人，但眼前她只能交出信任。她静静听着外面的自然声音，眼皮缓缓眨了几次，然后彻底合上。

才巴不时地从车窗里巡睃外面黑暗的景物，看看帐篷然后躺下，直到睡意彻底将他眼皮闭合。夜色覆盖了山峦，也灌满了山谷。

深夜里，才巴梦见一些白皙的软物，也许是女人的身体，也许是夜空的皎月。

破晓前，在东头的两座山间，亮出浅浅的鱼肚白。远处山顶落了层淡淡的白光。才巴下车子伸直蜷缩了一夜的身子，对着帐篷喊道："赵栖芳，该走了，天亮了。"从帐篷里立刻传来应答："好的，这就出来。"

赵栖芳走出帐篷时，梳理着蓬乱的头发，惺忪的睡眼与灰蒙草原的暗色恰似。

才巴没有耽误时间，收好帐篷。还棉被时才发现牧民家没有起床，于是才巴将一些饮料零食裹进棉被里，顺着牧民家的矮土墙根抛了进去，驶向了返途路。途中他们的对话只有几句：

“早上好！”“很困吧？”“嗯。”

将赵栖芳送到宾馆门口，他们互相告别。赵栖芳走进宾馆房间，并没歇息，开始整理行李。冲澡时她才想起来，昨晚梦见了一个坚峻的山脊，像是男人的脊背，也许是深夜的山峰。她穿好衣服，发了一条短信：“事情怎么样了？”发送，总经理。

并未收到回复。

过了一会儿，楼道外有同事互相叫门吃早餐的声音。赵栖芳走出房间门，到餐厅。同事用异样的眼光看着她，尤其是张秉。

他们吃过晨餐，各自回了房间。提着行李，登上了大巴车，张秉这次并未争取坐在赵栖芳身旁，而选择了和 Anna 有说有笑。赵栖芳依然望着车窗外，不作声。

去机场途中她收到短信：“还没有，回来解释。”总经理。

赵栖芳不再望着窗外，仰起头背靠椅背，抿着嘴。脸上露出一种暗自下决定的面部紧缩表情。一路上在候机室，在飞机上，都在闭目养神，直到抵达北京。休息一天后，赵栖芳将一封辞职信放到自己办公桌上，桌上只少了含羞草。通讯录里拉黑删除了总经理。

几年后，才巴在北京某处出席一场文学见面会，侃侃谈着作品。

几日后，才巴看到一则关于他的评论报道：“他是个卫士，一个能守护公主的忠诚卫士，文如其人。”署名：公主。

此时的才巴一手抱着左臂，一手抚摸着额头。记忆里清晰地浮现出那天和赵栖芳在草原夜宿的景象。笑颔的同时嘴里带出了两个字：“公主。”

《青海湖·藏族十二家小说》发表

酒徒之死

已经不止一次地劝阻过他，总遭到搪塞。

多数时间，他手里攥着廉价的白酒晃悠在路边。

几次碰面，总能嗅到他身上和嘴里浓浓的酒味。

有几次找到他家里，严厉地训斥过让他戒酒。

他的女人向我哭诉，酒后经常遭到毒打。

这边的人都叫他酒鬼丫玛。

直到今年夏末再没见过他，他的死讯初冬才传到我的耳朵里。

丫玛是红毛牛犊的意思，用于家畜。如果不是在他前面夭折过一个孩子的话，他也就不会有丫玛这个名字。从他懂事起，就承受着这个名字带给他的困扰。小时候就有玩伴以他的名字嘲笑他，丫玛这个名字，苦恼地伴随他到成年。

和他相识，是在五六年前的广场地摊上。

他上身穿着一件深红的毛衣，藏袍潦草地系在腰间，浅色直筒裤下的棕色皮鞋略旧，但擦得锃亮。晃荡几步总会把蓬松的长发用脑袋向后甩。他身形魁梧，说话时嗓门不高，一会儿指着挂在脖子上的几颗蜜蜡与人理论，一会儿安静地看着别人完成交易。

我需要一对蜜蜡作为姐姐结婚时的装饰，但对于蜜蜡的鉴别一无所知。我晃荡了几圈广场地摊，始终难以定夺。

广场上空，天空湛蓝的布景上，漂泊着几朵闲散的云朵。阳光照射着广场上的人群。小商贩们相互寒暄，时而会掀起一阵大声的笑浪，时而又会激起两个商贩为各自的物品高声吹嘘。还能仔细地看到商贩和买主将手摸进袖子里，藏着掐价。可以看到他们脸上从眉头紧皱到眉开眼笑的表情变化，交易随之完成了。

最后，我走到丫玛跟前，目光落在了他的蜜蜡上。以一种懂行的口吻和他交谈。

“蜜蜡多少钱？”我将他的蜜蜡在手掌上搓了搓，又嗅了嗅。让我意外的是，他竟然先跟我说：“我不太懂，我卖一颗一千元。”

我没有坦白，继续说：“是真的吗？是不是有点贵了？”

“是真的，价格很便宜了。我没有喊高价，他们说成色不好。”他完全没有为自己的蜜蜡美言的意思。

终于，我坦白了：“其实我更不懂，我给姐姐买的，我要两颗，便宜点行吗？”

他看了看蜜蜡，犹豫了片刻说：“两个一千八百元吧。”

我们爽快地完成了交易，临走时我们互相留了电话，以便我要买第三颗蜜蜡所需。

到家里，阿妈还是已把她最娴熟的牛奶青稞粥煮好。这个简单的配方她已经做了几十年了，可有时还会煮焦，但我总是能吃完。因为在她守寡几十年的生活里，煮牛奶青稞粥为她节省了不少时间，她总认为这样煮青稞既营养又省事，有时还引以自豪。再后来，我们兄弟姐妹也就早已吃惯了煮焦的青稞粥。

我把两颗蜜蜡放在阿妈的跟前说：“过几天姐姐结婚时，应该可以用。”

说完，我自己回了房间，和往常一样找点事消磨时间，好让单调的夜晚自己能倒头就睡。电话铃声突然响起："喂！怎么了？"我接起电话，号码是下午和我交易的蜜蜡主人。我在电话里听到他的语气有些不对，他吞吞吐吐说："阿沃（藏族对成年男人的敬称），我是下午和你交易蜜蜡的那个人。"

"嗯，我知道。"我应和。

"阿沃，实在不好意思，我把一个蜜蜡的价格搞错了。卖给你的其中一个价格比较贵。能不能……"

我明白了他联系我的意图。心里想：该不该还给他？但嘴里回了一句："没有你这么做交易的。"

听筒里传来长长的叹气声："阿沃，我也知道……"

我挂了电话。

接下来的时间里，我没有打开电视，也没有翻开书。目光无意地落到了房间的某处角落，觉得可以不必理会他，舒服地躺下来就好。

可最终我还是走进了厨房，阿妈在擦拭着炉灶。蜜蜡依旧躺在饭桌上，其中一个颜色的确鲜亮许多。我将蜜蜡揣进兜里，对阿妈说了与丫玛交易的事，阿妈的说法和我的决定不谋而合。

我拨通了丫玛的号码："你在哪里？我把东西送过去。"电话里我听到他激动地说出见面地点，是个小饭店。

我和阿妈道别，就向约好的饭店奔去。走进饭店，里面的人并不多。目光搜寻着丫玛的身影，丫玛坐在饭店的一角，满脸通红。见到我，他激动地站在座位前，客客气气地让我坐在他对面，以一种别扭的表情让我吃东西：

"我点了几道菜，阿沃你别客气，吃呀！"

我嗅到扑鼻的酒气，近似敷衍地点点头，没有吃菜。他的手在桌子上来回挥动，像是在展示自己的战利品，执意让我吃。我将一口菜放在嘴里，边嚼边从兜里掏出蜜蜡，推到他跟前。他脸色一沉，说："阿沃，我实话跟你说吧，我刚才为了蜜蜡和家里的女人吵了一架，我不知道蜜蜡的价格，卖错了。"

我不愿多费口舌，端起茶杯躲开他的含有歉意的眼神。接着他给了我另一颗蜜蜡，取回了一颗。这时他整个人都显得轻松了。我将两颗蜜蜡揣进兜里。他掏出一瓶白酒满满地灌了一口，酒气瞬间淹没了菜的味道。他一边喝酒，一边用目光注视着我。酒气冲天。

几杯酒下肚后，他脸色有些发暗，冲着我说："阿沃，你怎么不吃？"

我回答："我在家里吃过了。"

"那你就喝一点酒，我今天很高兴认识阿沃。"

我想到回家只是躺到床上睡觉，免不了无聊，就应和着他，想听听他有什么说法，可能也是我想了解他或者他的生活。此时在我眼前的他，是一个犯了错误正在弥补的男人，我这么认为。

"我们说说话吧，不喝酒，不然回去阿妈会伤心的。"

"对对对！看来你是孝子，就别喝了，不然我就成坏人了。"他腼腆地解围。

寒暄间，他的酒瓶见底。客人也就剩我们俩。我起身向他道别，这时他强劲的手抓住我的手。他的手很热乎，也许是酒精在他体内起着作用。

"阿沃，今天要感谢你，以后我们就是朋友了。我送你回家。"

"不用送，我开车回。"我掏出车钥匙继续说，"要我送你吗？"

他拒绝得很利落："不用送，我家近，女人在家等着我呢，她会高兴的。"

我们互相客气地道别，回家的路上，我寻思他人应该不坏。

过了几天，我约他在一家小饭店见面，是为了第三颗蜜蜡。在小饭店里，他依旧客气地和我谈话。我还是嗅到了他从长满胡茬儿的嘴里，吐出重重的酒味。当我向他说明我的来意后，他以一种歉意的口吻告诉我说："阿沃，实在可惜，我已经卖掉了。"

"没事，那我再想其他办法。"我以一种不在乎的口吻回应。

但这次，他没有了在广场上时的那种硬朗，胡子拉碴，忧心忡忡，无力地咀嚼口里的菜。在我眼前的他，让我联想到一只老山羊在炎热的天气里，乏味地咀草的模样。

我没说太多的话。他咽下饭后，灌了口酒，这才有气力说话："阿沃，我把家里最后一颗蜜蜡也卖掉了，那个蜜蜡其实是我女人的头饰。"他说着，竟然眼里泛起了眼泪。我抑制不住想安慰他，可我没有，也许是因为我在内心抵触成年男人流眼泪。从小我就没看见过阿妈流泪。她也不让我们兄弟姐妹们轻易流泪。

在接下来的时间里，我没有说话，只是看着他一口一口地往喉咙里灌酒，喉结上下抖动，像一头口渴的老牛在饮水，显得有点贪婪。

我的注意力，完全放在了他充满酒气的嘴里叙述的事情上，丝毫没有理会身边客人的走动。不知不觉，又只剩下我们。刚开始饭店老板坐在我们对面打哈欠。再后来，老板就开始扫地，弄响桌椅声，明显是让我们离开。

又过了一会儿，我搀起了喝多的他，坚决阻止他喝下去，并把他送回了家。已经很晚了，只能听见隔壁人家院子里的狗吠声。等他看清是在自己家门口时，硬撑直了身体，握紧拳头往掉漆而生锈的铁门上砸，瞬间激起了一连串的狗吠声，叫声淹没了整片夜空。片刻后，铁门吱吱呀呀地开了。听声音，铁门已经很长时间没有维修了。一个瘦小的女人身影出现在门框内。天色很暗，但他家院子的光线更暗。女人以一种抱怨里夹杂着委屈的语气说：又喝多了。他训斥了女人几句，更确切地说是毒骂了女人几句，女人再没敢言语。在我的劝说下，女人把他扶进了院内。铁门吱吱呀呀地关上了，我转身离开这片狗吠连绵的夜色里。

再次和他见面时，是在他家里。他几番约我去做客，我带了一点牛肉，还有他托付我买的白酒。暮色时分后，我到了他家里，他家房屋空间不大。屋顶悬着一盏不太亮的橙色灯泡，将我们的脸庞照得暗黄，炉子上牛肉在大锅里沸腾地冒着白汽，可我没感觉到小空间里应有的热气。

丫玛抓起白酒时，女人才抬起头，先看了看丫玛，然后扫了我一眼，又低下了头，继续坐在炉子边。她在黯淡的橙光下，目光阴暗，歪着脑袋，吸了一下鼻子，分明是一只呆滞母羊的模样。

我隐约察觉到他喝酒带给这个女人的痛苦和烦恼，应该有些时间了。因为女人眼里多少带有绝望和懊恼。我待的时间不长，离开时他们送我到掉漆的铁门口，我又在夜色里伴着狗吠声离去。

时间又过了几年，当听到他长期嗜酒而积病在家。我最后一次去了他家。我坐在他的床边，望着他黝黑的脸上没有一丝表情。肤色就像风干的牛粪，粗糙，暗沉。他的女人依旧脸色阴沉，我感觉这女人很久没有笑过，尤其是和这个男人在一起以后。

丫玛在床上没有太大的动作，散发着酒味和呕吐物的被子耷拉在他僵硬的身体上。我能说的话并不多，说出口的也只有几句宽慰他和他的女人的短句。大多时间我只是望着他阴沉的侧脸。我最大的动作是提了提他的被子。一段时间内，屋子里的气氛陷入凝重，四周安静又死寂，只能听见女人吸鼻气和叹气的声音。

这憋足气长长地叹出的声音，恰恰是女人长时间的积怨，让我感到极度不安，像是有人要死去的征兆。

女人抹掉了眼角的泪水，用极弱的语气说：“他以前是可可西里巡山队的一员，因为卖了几张皮子（藏羚羊羊皮），被队长发现。为了保住他不受责罚，队长就让他离开了巡山队。”我一边听一边将目光移到丫玛的侧脸上，为的是避开女人含泪的眼睛。女人继续哭诉：“阿沃，他以前不是这样的。自从知晓他们的队长被盗猎分子打死后，他整个人都变得消沉了，天天喝酒。脾气暴躁，经常毒打我。

“阿沃，他只是卖了几张死去藏羚羊的皮子，就被赶出了巡山队，他一直不甘心。可没想到的是，他的队长被盗猎分子打死了。因此他再也没有机会回到巡山队里。

“只要他一醉酒就会说：‘如果当时我在的话该多好，或许死掉的人是我。’

“阿沃，我只知道藏羚羊的毛用处大，听说用藏羚羊的毛制成的围巾，可以从戒指里抽出来。是真的吗？很值钱吗？”女人目光望着床底问道。

我没有回应女人，目光依旧落在丫玛的侧脸。

在我离开他们家时，丫玛张开他散发着腐臭酒味的嘴，吐出了一句：“该死的是我。”

这是我听到他亲口说的最后一句话。我道别时，他的眼角浸着泪渍。

我走出丫玛家吱吱呀呀的铁门，而外面的一切景物蠕动着进入了初冬，山峦斑秃，像是一堆堆的饿殍。

《黄河文学》发表

石经泪

一、桑烟

听老人说“六字真言文刻在石块上，这些石块就会有一种超自然的灵性，能使我们洗清此世的‘罪过’，并能引领我们灵魂通向神往的极乐净土”。一堆堆大小形状迥异的玛尼石，垒起的玛尼堆、石经墙还有摩崖造像，都是我们心中的“坐标”。在海拔四千五百米处，巨大的玛尼石堆和一座大转经堂、一座佛堂、十个大转经筒、三百多个小转经筒、十几座佛塔，共同构成了这处朝圣之地。石城的佛堂内，供奉着第一世嘉那活佛塑像和那块天然自显的玛尼石。沿着整齐的玛尼墙拐入经石城堡的内部，千姿百态、繁若星辰的经石一下映入眼帘，数十亿块或新近彩绘，或色彩剥落、经受了时光雕琢的经石，纵横有序地呈现在明朗的天空下。

玛尼石墙的正中，镶嵌着六块藏文雕刻的佛教六字真言，每块长宽大约都是两尺，色彩各不相同。石墙从四周曲折逶迤，沉稳地向石城中心延展。石墙和石墙之间，形成宽为两米的巷道。嘉那玛尼石刻数量之多、雕刻时间之长、规模之大，世所罕见。

在这里每天都有络绎不绝的当地藏族人虔诚地转走着石经堆。一圈圈朝顺时针转走的脚步，是虔诚的佛教信徒们信仰的延续和传承。因为嘉那玛尼石经堆的闻名，从外面涌入了不少外来的元素，有假日的游客，有流行的音乐，还有时髦的衣服。

就在离石经堆不远的巷子里，传出几个小孩的玩耍嬉笑声。其中那个穿着红色衣服的小男孩笑得最大声，他显得比其他小孩兴奋得多。追逐玩耍中时不时张起缺了一颗门牙的小嘴大笑着，好像心里拥有着什么好消息似的。

穿着红色衣服的小男孩被一个小女孩追着跑，玩耍中小女孩踢了一下小男孩，刚好被一个身穿藏袍的妇女看见了，拉开女孩并严厉地斥责她："女孩怎么能踢男孩？女孩踢男孩就是妖女。""布琼，快回家。"把玩得正开心的小男孩领走了。他踩着轻快的脚步，跟着那个妇女走进了巷子深处，小男孩一走似乎带走了小孩们玩耍的一些热闹。

"布琼，阿妈叫你回家就是要告诉你要当扎瓦（藏族人称呼出家的男僧为扎瓦）的事。"一个三十出头的男子把布琼抱到跟前说道，"你要当扎瓦了，开心吗？"布琼虽然不懂当扎瓦后都要干什么，但依然举起一双小手大声高兴地叫了起来："我要当扎瓦喽。"当布琼正准备叫着跑出去时被他妈妈拦住了抱在怀里。这时正和大哥谈话的舅舅对着布琼说："大小河流都有两岸，大小事情也有两面，当好扎瓦光彩，当不好就丢人。"舅舅是个地道的牧民，讲的话总是那么地有趣，有道理。布琼在妈妈的怀里睁大着明亮的眼睛看着他的大哥和舅舅两人，还不时地滚动着眼珠子，看着不停地把大哥和舅舅茶杯斟满茶的大姐，又时不时地仰着头看着一直听着谈话点着头的妈妈，渐渐地有点不耐烦了。

谈话间一壶茶已喝完，这时舅舅将手盖在茶杯上后准备离开，布琼妈妈就起身送别舅舅。家中大姐依然站在炉子旁，眼睛注视着布琼，大哥对布琼说："大人们都商量过了，布琼就要当扎瓦了。”妈妈把布琼抱在怀里说：“我家的布琼当了扎瓦，这是我们家的荣幸，当了扎瓦就会是最快乐的人了。”布琼又开心地叫了起来：“我要当扎瓦喽。”此时太阳已落在西山上，傍晚的光线照在石经堆上仿佛洒上了一层金光，转石经堆的人们伴着最后一片夕阳大声诵唱着经文。

夜里，布琼睡在妈妈的怀里问：“阿妈，我为什么要当扎瓦呀？”妈妈抚摸着他的小脑袋说：“当扎瓦是荣耀的事，当扎瓦是最快乐的人。睡吧，明天要去寺院里。”布琼再一次开心地答应道：“我要当扎瓦。”便缓缓地闭上了眼睛。

身穿红袈裟的布琼神气地走着，被邻居们和转经的人们膜拜。家人的脸上露出了喜悦的笑容，布琼得意了起来。“醒醒，起床了。”布琼的美梦被妈妈打断了。妈妈利索地为布琼收拾、喂饭并抱上了布琼到门外大哥发动着的面包车上。随后是舅舅、舅母、大姐，还有在小饭店打工、特地请假一天来赶弟弟的出家礼仪的二姐。

在清晨的阳光下车子缓缓开出巷子驶向结古镇腹地山顶上的寺院——亘古寺。亘古寺是结古镇上的老寺院，有着一定历史，听老人说结古镇起初是依附着最早的亘古寺而发展和扩建的，在当地人们心中有着很高的地位。

汽车伴随着马达声和车内布琼家人的喧嚣声，扬起尘土沿着崎岖的山路爬上了山顶，随后一座座深红色的寺庙渐渐映入眼帘。到了寺院内，还没等布琼家人下车，已经有几位扎瓦从庄严的寺院里出来接应。和布琼一行而来的家人毕恭毕敬地跟扎瓦们走进了布琼将要接受出家礼仪的佛堂里。

弥漫的桑烟，一尊尊肃穆的佛像威严端坐，几个小扎瓦不时地从门口探头望着他们。就在此时布琼头顶着大日如来尊像，亘古寺的活佛西然亲手主持仪式并灌顶，在布琼家人的期盼下落发为僧。

稚嫩的身体披着袈裟再加上锃亮的光头，布琼显得尤为可爱。布琼能衬托起袈裟的重量吗？他还全然不知。整个仪式结束后布琼记忆最深刻的是几项戒律：不得杀生、不得说谎、不得偷盗、不得近女色、不得沾烟酒。随后一位叫罗阳的壮年扎瓦把他领走了，罗阳边给布琼布置床位边细说着寺院的生活规律和近期日程安排，这时布琼的家人还在外面转着寺院祈祷。

桑烟再次升起，僧侣们洪亮的念经声传彻山野，时间已经到下午了。布琼家人该和寺院告别了，布琼紧紧地抱着妈妈藏袍的时候还没有哭，大哥和舅舅从车里拿出茶砖、哈达和全家齐凑的一万两千元供奉寺院后，大哥、大姐、二姐、舅舅、舅母一一向布琼道别时，他才从眼睛里涌出了眼泪放声啼哭。其他人都上车了，但布琼还痛哭流涕地紧抱着妈妈。家人看着此刻的场景谁都不忍心拉开这母子俩，眼睛里都泛着眼泪，或是高兴或是难舍。

最后还是扎瓦罗阳过来拉开了布琼，笑着说道："当了扎瓦，就不能哭了，布琼要懂事，快和你阿妈告别。"妈妈眼睛里泛着泪花地登上了车，从车窗里挥着手，汽车发动后扬起尘土渐渐地消失在布琼的眼眶中。布琼在扎瓦罗阳跟前收住了声音哽咽着，目光一直注视着汽车离开的方向。这时罗阳喊来了几个小扎瓦叫他们照顾布琼，说罢抚摸布琼的光头便朝佛堂走了。院子里只剩下了布琼和三个小扎瓦。布琼在三个小扎瓦面前一直揉着眼睛低着头，这时个子稍微大的尕玛小扎瓦提议到卧室去玩，布琼跟着他们走进卧室里。尕玛探了一下窗口，然后从他的枕头底下掏出了小音箱放着音乐："你有一个花的名字，美丽姑娘卓玛拉！"三个小扎瓦唱了起来，尕玛比划着动作，逗得布琼忘记哭泣而笑起来。这时扎瓦罗阳在院子里喊着吃饭，尕玛便关了小音箱塞回枕头底下领着布琼朝伙房走了。“给，这是你的碗筷。”布琼从扎瓦罗阳手里接过碗筷跟在尕玛后面去盛饭。僧侣们都坐在寺院的伙房里享用晚餐，对刚来的布琼大家表现得都很热情，热情的氛围让布琼稍微放松了些，感到些温暖。

这时亘古寺的活佛西然问布琼：“你会念藏文吗？”布琼边吃饭边摇着头。“那明天开始跟着这些小扎瓦念经文，罗阳会教的。”布琼向西然活佛点了点头。“布琼，一定吃饱饭啊。”扎瓦罗阳招呼着布琼。这时尕玛调皮地对着布琼说：“你们看，布琼一直低着头不敢大声说话，像个女孩，你可不会真的是个女孩吧？那样的话你可就得去阿内寺了（藏族人称出家的女僧为阿内）。”全堂的人哄笑了起来，布琼依然低着头嚼着饭。扎瓦罗阳看出来布琼的不安，便大声地说：“马好不好看昂起的头，心诚不诚看碗里的奶。布琼你告诉尕玛，穗小的青稞总是高高扬起头，穗大的青稞总是默默地低着头，是吧？”又引起了全堂的僧侣一阵笑声。

吃完饭后僧侣们相继离开了伙房，小扎瓦们都自觉地收起碗筷，有的给炉子里添火，有的洗碗，还有的挑水，布琼看着眼前的一切静静地坐着，似乎有些格格不入。

僧侣们诵完晚上时念的经文，各自回卧室去了。布琼跟着三个小扎瓦回到卧室里，尕玛对布琼说：“这个房间就睡我们四个，我叫尕玛，来这里一年了；他叫闹布，来这里半年多了；他叫丹培，来这里有五个月了。”布琼向其他两位小扎瓦微笑示意。“我们铺床睡吧，明天还要早起，我再放个音乐。”尕玛又放起了音乐。

布琼蜷缩在被窝里一声不吭，这一夜该多么难熬。这是他第一次离开家，第一次不在妈妈身边，第一次会想念家人。

桑烟再次升起，飘入了布琼的鼻孔。天色还没亮，外面已有其他僧人走动的动静，尕玛穿着袈裟大叫着“起床了”。布琼摸索着袈裟，第一次穿袈裟显得有些笨拙，其他三个小扎瓦帮他穿好袈裟。他们到佛堂后找了个没有人坐的垫子坐了下来。扎瓦罗阳和其他僧侣大声地诵着经文，直到天色稍微亮了些，开始洗漱、吃饭。今天是布琼第一天在寺里上课，他早早就跟着尕玛他们几个小扎瓦坐在佛堂内等着扎瓦罗阳教课。扎瓦罗阳走进佛堂后看着布琼第一句就是：“昨天睡得好吗？想妈妈了吗？”布琼还是那么腼腆没有说话只是点了点头。“布琼，你要像其他扎瓦一样在寺院和佛学院里学很多东西。”“这段时间，我会教你们藏语和念经文的，还有，如果你们不守戒律和不学习我会打你们的。”

小扎瓦们齐声答应道：“拉索。”

就这样布琼开始进入了寺院学习念经的阶段了，寺院里又开始传出了洪亮的念经声。白天诵经学习藏文，夜里睡觉之前听着尕玛从小音箱里放出的音乐。就这样过着在寺院的生活。

一个月了，布琼已经在寺院度过了一个月的时间。现在的他能自己利索地穿好袈裟，也能大声地念诵着经文，还有了自己的打水和烧水的任务了。这天扎瓦罗阳告诉寺里的人，寺院里头放三天的假，可以回家三天。小扎瓦们得知消息后异常高兴，“布琼，我给你家人通过电话了，你大哥会来接你，出寺院后不要做犯戒律的事啊。”布琼答应后显得喜出望外，不停地整理着自己的袈裟。到下午时布琼的哥哥开着上次送布琼的面包车来到寺院，大哥拉着布琼的手不停地向扎瓦罗阳了解布琼这段时间在寺院的表现，毕恭毕敬地点着头。

谈话结束后，布琼和大哥向扎瓦罗阳还有小扎瓦们道别，便发动车驶向家的方向。在路上，大哥一直问布琼寺院里的事。还把刚才和扎瓦罗阳谈话的内容告诉了他："扎瓦罗阳说你不爱说话，但很听话，表现很好。妈妈和姐姐也在家里等你，还为你煮了肉，妈妈特别高兴。"布琼也非常高兴。车刚停在家门口，布琼就跳下车从门口喊着"阿妈"跑进屋内。到屋子里布琼紧紧地抱着阿妈。大姐开始给布琼倒茶、端肉，催促布琼快吃饭。二姐还给布琼买了许多好吃的东西，等全家人都在屋子里坐下的时候，家的温暖再次让布琼的泪水在眼里打转。

到家的第二天，阿妈转石经堆去了，大哥去广场卖虫草，大姐回婆家了，二姐也上小饭店打工去了。布琼打开电视，看着电视节目等着家人回来。电视里放出的一些歌，布琼能跟着哼起来，这些歌在尕玛的小音箱里听过。他只是轻轻地哼，不敢出太大的声响。这时从门口传来推门的动静，布琼迅速调了另外一个台。妈妈和邻居老奶奶一起进到屋子里，看见布琼就不停地夸赞着他"多么可爱的扎瓦，这可是你们家的造化呀，是你家的福气呀"，布琼依然保持着他的笑脸没有说什么。"布琼，你先去转几圈嘉那玛尼，我做完晚饭回来就可以吃了。"布琼应完妈妈的话，便整理好身上的袈裟出了门朝嘉那玛尼石经堆走去。当走到巷口时，碰见小时候玩耍的朋友，他并没有加入游戏。小朋友们都围了过来，有的摸着袈裟，有的打量着光头，弄得他有些不自在了。"我要去转石经，你们去吗？"

"我们去。"

布琼和他的玩伴们嘻嘻哈哈地转走着石经，小孩们并没有念经，布琼口中似乎念着什么，但声音不大。当小孩们转到两圈时聊了起来。

"布琼，寺院好玩吗？"

“我听说大扎瓦会打小扎瓦，你被打过吗？”

布琼摇着头说：“我没被打过，但不好玩。”

“我妈妈告诉我转石经堆时不能跑着转，不然下辈子会变成动物，是真的吗？”

“是的。”

这时其中一个指着说：“你看那个男孩的发型好帅。”“不对，那个大男孩穿的才帅呢。”“布琼你觉得呢？”布琼眼睛注视着那个男孩并没有给出答复。“我要回家了，妈妈等我吃饭呢，走吧。”他们把石经转完一个整圈后各自回了家。

到家晚饭已经端到桌子上了，布琼看着妈妈问：“大哥和二姐呢？”

“你大哥肯定在外面吃了，二姐会在饭店里吃的，我们吃，不用等他们了。”吃过晚饭后妈妈收拾碗筷，让布琼诵晚上的经文。布琼诵经文后打开了电视机，母子俩看起了电视。二姐回到家后，坐在布琼旁边说：“布琼什么时候回寺院呀？”

“明天下午回。”

“寺院里的比你大的扎瓦有没有欺负你呀？”

“没有。”

“我听说现在有些扎瓦打架，你可不要和他们接触啊。”

“布琼你是妈妈的命呀，是我的宝物，可不能学坏呀！”妈妈说着。布琼点了点头继续看着电视。

第三天下午，布琼家里热闹了起来。妈妈准备吃的，大哥搬着行李，大姐也从婆家来了，正叠着布琼的备用袈裟，就是二姐还没从饭店回来。和家人道别后布琼和大哥朝寺院而去，与第一次布琼去寺院时不同的是，除了大哥没有其他的亲人在车上，他也不再看着车窗外，到寺院后也能向大哥干脆地挥手送别了。

当熟悉的桑烟飘过来时他觉得对这个寺院不再陌生了，晚上布琼和其他僧侣们在佛堂内诵完经文后便回了卧室。“我有新歌了，你们听。”尕玛拿出小音箱把声音放得很低，怕被隔壁的扎瓦们听见。奇怪的是丹培今晚的行为有些怪异，不停地从自己床上起身探着窗外坐立不安。尕玛看到这一举动就问丹培：“你怎么坐不住呀？你怎么了？”

“嘘！别大声说话，我带了玩的东西，等扎瓦罗阳睡了我给你们玩。”丹培这么一说，布琼和闹布也坐在床上等扎瓦罗阳屋子的灯熄灭。“好了，你现在可以拿出来了，什么东西呀？”尕玛点着蜡烛催促着丹培。丹培从自己的床底下摸出了用报纸包着的东西，当丹培打开报纸后吓了其他三个一跳，竟然是两根烟。“你怎么拿这个？扎瓦罗阳知道后会打死我们的。”尕玛说。

“不能碰烟。”闹布说。布琼神色紧张地看着烛光下的两根烟。“你们小点声，这是从我爸爸那里偷的，我学一下爸爸的样子你们看啊。”丹培借助烛灯点燃了一根。随着点燃后散发的味道让他们更加紧张和刺激起来，都看着丹培不敢出声。丹培学着动作轻轻地摇着脑袋吐着烟，几次猛吸后把烟踩灭，把踩灭的烟渣包在碎报纸里说：“这个给你们，你们也学学。”丹培见谁都不敢拿他手里的烟，就对尕玛说：“你胆子也这么小呀？我以后就叫你胆小鬼尕玛。”“我才不怕呢。”尕玛从丹培手里接过烟，也点了起来。当屋里飘满烟的味道时，布琼更加不安了。这味道不该在寺院里闻到，这味道冲散了桑烟的香味。尕玛拍打了一下闹布的头说：“闹布你也来。”闹布猛吸一口后趴到自己床上把脸用手捂了起来。尕玛又让布琼猛吸一口后，踩灭了烟，包在碎报纸里打开窗扔了出去。尕玛说：“我们都吸烟了，谁都不能说出去听见了吗？我们都要发誓。”这是他们违背寺规而体会到的第一次紧张和刺激，满足了不让为，而为之的心理，他们听完相互发的誓后，便安心地各自爬上了床。布琼久久不能安心，因为今晚闻不到桑烟的香味了，而烟草的味道在他的记忆里弥漫侵蚀，这味道让他害怕，只希望赶紧消散。

第二天，和平时一样打坐在佛堂里念经，他们四个把秘密藏在心里，对谁都没有说过。

二、念珠

“阿妈，一定不能让他们在一起。”大姐有些急躁，对着妈妈说道，“和谁不好，偏偏和老酒鬼土丁家的孩子在一起，如果他们真要结婚，我们家怎么面对别人呀？”“是呀，老酒鬼土丁多数喝得酩酊大醉，狼狈不堪，我一想到酒鬼土丁那双被酒熏醉的眼神，就会讨厌。等你大哥回来后我们再好好商量。”布琼的妈妈长叹一口气回答大姐的话，手中不停地捻着念珠，母女俩心事重重。时间到了该吃晚饭的时候了，大姐开始做晚饭，这时母女俩听到大门有动静，都焦急地探着窗外。“阿妈，是谁呀？”

“是你大哥。”大哥进屋，大姐向妈妈使了一个眼色。大哥发现妈妈和大姐今天的反常，便主动问起她们：“怎么了，有什么事？”妈妈说：“是二女儿的事。”刚说到这时大哥反应激烈地说道：“是布样和土丁家的儿子在一起的事？我朋友说的时候我还没当真，原来这事是真的呀！”

妈妈接着说：“我们几次看到过，布样坐在老酒鬼土丁家儿子开着的面包车上，还有几次都是在晚上送回来的。”大姐边盛着晚饭边说：“是土丁家的二儿子，是离过婚的，可我们家的布样还和他在一起，一定不能让他们在一起。”平时很少说话的大姐夫也说道："我也听说过他人不好，到结婚生子后布样一定会后悔的。"妈妈放下手中的念珠说："布姆今天晚些回家，一会儿布样回来我们一起说她。"四个人吃着晚饭陷入了焦虑的等待中。直到晚上的十点后，来了通电话："卓尕的家人不在，今晚陪她守家我就不回来了，不信我让卓尕说。"

"不用了！那你明天回来，家里有事。"妈妈挂掉电话后看着焦急等待的大哥、大姐和大姐夫说："是布样，她说她要陪卓尕，今晚不回家了。"这通电话让原本焦虑的家人陷入了更凝固的僵局气氛中。这时大姐开口说话了："阿妈，我们那就先回去了，明天下午再说。"妈妈和大哥送完大姐夫妇后，再没说什么话就各自回房睡觉去了。

次日，高原的天空上，蔚蓝得看不到云朵的痕迹。草原上搭着一顶顶的帐篷，当地的藏族人穿着节日的盛装，或是祥和的一家人围坐在草滩上，或是潇洒的男人们梳理着自己马匹的鬃毛，或是羞涩的姑娘们用长袖捂着脸矫正着身姿。就在这个草原上举办着一个活佛的坐床仪式。那顶最大的帐篷里，端坐的就是将要举行坐床仪式的悟智活佛。他将被认定为安赤乡葛巴寺第九世活佛，这个消息对于安赤乡的人们来说是天大的好消息，有信仰的人们拥有了心灵寄托的载体。古老的葛巴寺在悟智活佛的转世间，破旧的寺院会兴建、佛堂里会再次燃起酥油灯、寺院外会再次传出僧侣们洪亮的诵经声，老人们双手合十攒着念珠，流着泪祈祷着，他们等待的寺院主人回来了，在那里，人们的信仰会因为悟智活佛的转世而传承兴起。

参加坐床仪式的僧侣有上百名，来自玉树的大大小小的寺院，其中就有玉树的亘古寺的僧侣们。布琼、尕玛、丹培、闹布的身影也出现在此次的法会上，他们的袈裟里不再是稚嫩的身体了，而是一个个强壮的青年了。已到十八有余年龄的他们，用粗犷的嗓音在僧侣群中埋头念诵着经文。他们已拥有了强壮的身体，在脸颊清晰的轮廓上，已看不到他们的稚气。

坐床仪式要举行迟一点。这一天是他们四人在成长十八年间，第一次面对这么多的信众。而信众们对僧侣们的低头膜拜，他们四人各有自己的理解，也许感觉到了虔诚，也许感觉到了荣耀，也许感觉到了责任，也许感觉到了疲劳。

这一天的仪式结束了，人群也散了，活佛们也回寺院里了。在十八年后已是堪布身份的扎瓦罗阳，在亘古寺的僧侣间有了一些地位，堪布罗阳告知僧侣们："在悟智活佛的安排下，明天众僧侣要到勒巴沟游玩一天，寺院会管全天饭，明天早上在寺院集合，可以开私家车，没有车可以搭寺院的卡车，今天就可以各自回家了。"堪布罗阳单独把布琼、尕玛、丹培、闹布四人留下来说："你们四人明天要跟其他扎瓦完成搭帐篷的任务，明天早点来寺院里，赶上寺院的第一辆卡车。"堪布罗阳交代完便离去了。"布琼我送你回家，闹布你坐丹培的摩托车我们一起回家。"尕玛发动自己的摩托车把油门加得很大，排气管的声音弄得很响。尕玛载着布琼，丹培载着闹布，健壮的小伙们骑着摩托车在公路上驰骋着，时而你追我跑，时而并车而行。尕玛骑着车放声唱起他的偶像亚东的歌，疾驰在公路上。他们是快乐的，是自由的，是没有束缚的，更是没有对生活琐事的担忧。

尕玛把布琼送到了家门口，布琼心有余悸地哼着尕玛刚才唱的歌，走进了屋里。布琼一进屋，眼前出现的一幕让他感觉到今天家里与往常不一样的气氛。妈妈、大哥、大姐表情都很严肃，而二姐布样却紧锁着眉头低着头。布琼的到来似乎缓解了一些家里紧张的气氛，可布琼问起什么事时，家人又陷入了僵局。布琼再次追问情况后大哥才回答："你二姐在和老酒鬼土丁家的二儿子交往，我认识他，他是离过婚的，人不好。"大哥这么一说马上打开了家人的话匣子，大姐说："是呀，我也听说过他人不好。"妈妈指着布样说："不能在一起，以后不要在一起交往了。"布琼没有说话，但看见了二姐布样眼里泛着泪花，可二姐倔强地没有放出眼泪只是撇着脑袋忍住眼泪。布琼察觉二姐的表情后，也为她着急了，但布琼不知道说什么，确切地说是不知道怎么劝二姐。

此刻，布琼也陷入家里僵局的气氛中。二姐布样依然表现着她的固执，家里只能听到吃晚饭发出的声音，倘若布琼不说下面的话，也许气氛会一直僵持下去。"我们寺院明天要到勒巴沟游玩一天，我要早点睡。"家人这才把目光注意到布琼身上。紧接着问了一些家人间才提的问题："今天的坐床仪式怎么样？"好看吗？"人多吗？"这时二姐就溜进了她的房间重重地关上了门。此时，大哥脸色一沉，嘱咐布琼早些睡，就回房了。妈妈长叹口气说："还是当扎瓦好，不会陷入生活的苦海，你二姐真让我们操心呀，布琼早点睡，阿妈会早起叫醒你的。"布琼静静地坐了片刻，若有所思，然后起身走向了二姐的房间，二姐躺在床上拿着手机，看了布琼一眼又注视着手机。"姐，你不能和他在一起，信不信我揍他？"二姐起身对着布琼说："你懂什么？给我出去。"布琼再没有接二姐的话，就离开房间带上了门。布琼到自己的房间后就拿起了手机拨了电话："喂，尕玛你在干什么？"

"我在玩 CS。"

"我心情不好，兄弟。"

"有什么事？我电脑声音很大没听清。"

"没事，明天来接我。"

“哦，好的。”

布琼挂掉电话便铺好床铺，躺在床上翻了翻手机里的电话簿，然后关了灯，合上了眼。

勒巴沟是玉树的美景之一，在那里露珠裹着青草，松柏满山遍野，山泉潺潺细流，还有唐代佛教造型风格的岩画让人惊叹，阳光的眷顾让勒巴沟散发着山野的芬芳，让人向往。

随着卡车响彻山谷的声音迎来了清晨的阳光，各寺院的僧侣们陆续赶到勒巴沟。有的扎瓦显得兴奋，有的扎瓦带着睡眼，还有的扎瓦显得好奇。

布琼、尕玛等人乘坐的是亘古寺拉帐篷的卡车，卡车停到指定的位置后，扎瓦们就开始卸卡车上的东西，搭帐篷、生土灶，忙碌起来。太阳升起后，天气暖和些后帐篷也一顶顶地搭好了，山谷内传来玩耍的笑声：“走，丹培，我们来一起踢足球。”尕玛边脱袈裟边向布琼和闹布挥着手。他们几个找到稍微平坦的草滩后，开始分人踢球，尽管僧服阻碍着他们踢球的灵活度，显得有些拘谨，但丝毫没影响他们踢球的热情。“快给我，传！”“这边，踢这边！”“哦，球进了！”“哈哈哈！”此刻，他们忘了身上穿的袈裟，也许此刻可以大步大步地跑动，还可以大声地吼叫，不顾一切形象，可以放纵在踢球的游戏中。尕玛时而还会大声地唱几句歌，炫耀着他进球了，很是快活、自在。

太阳已到头顶，山谷里阳光的照射，把青草、松柏、山泉、帐篷的颜色显得那么鲜活亮丽，美似一幅画。微风暖暖地吹起山谷的味道，让人感到心旷神怡。他们踢得满身大汗，显得有些疲劳，堪布罗阳来叫他们吃午饭。他们整理自己的袈裟后，到生起的土灶前排队领午饭，领到饭后就到各自寺院的帐篷周围随地而坐，开始享用午饭。“你看那顶最大的帐篷，里边就坐着悟智活佛，下午要给我们讲经文。”

“听说悟智活佛很博学。”“他藏语和汉语都很精通。”“是是是！我也听说了。”几个扎瓦聊了起来。

“诸位僧侣，好好享用午饭，这边还有饮料和水果供大家享用，下午三点悟智活佛还会给我们讲经说法。”堪布罗阳大声地宣告着，重复着，以便让每个僧侣都能听见。

吃过午饭后，僧侣们沐浴着午后的阳光休息着，布琼、尕玛、丹培、闹布舒服地躺在草滩上，聊了起来。“你们仨，会玩CS吗？”尕玛嘴边咬着一根草问道。“那有什么不会玩的，我还是高手呢。”丹培回答。“我也会玩，在网吧里几个人玩更热闹。”闹布说。尕玛对不说话的布琼说：“你不会玩吧？我教你玩，可好玩了。”布琼点了点头。在接下来的时间内他们几人聊的话题中布琼显得有些安静，一时没有了布琼可说的内容。

下午三时，扎瓦们聚集在悟智活佛的帐篷前，悟智活佛开始讲经说法。随着悟智活佛起头念诵经文后，在场的扎瓦们都齐声念起经文，扎瓦们粗犷洪亮的念经声，响彻山谷。一段很长的经文念诵完后，悟智活佛清清嗓子说：“现在社会诱惑很大，僧侣也是人，也会有贪念，也要面对形形色色的事情，还要接触各种各样的人性，我们始终不要忘记我们把心、意、身献给三宝佛法，该守的戒律要始终执着，该有的善念依然不能磨灭，因为我们是远离生活苦海的人，是信仰的传递者。”讲完佛法，时间已到傍晚，现在是各寺院自行安排活动的时间。亘古寺的扎瓦们围坐在自家的帐篷前玩游戏，一会儿有两个扎瓦在摔跤，一会儿又有激烈的辩法，一会儿有几个扎瓦在翻跟头，最后在几个小扎瓦的推荐下，让尕玛唱歌。尕玛硬是被推到了扎瓦围坐的圈中间，尕玛开始是红着脸，抓着脑袋，伸着舌头有些害羞。在大家的激励下他开始敞开嗓子唱了起来："默默地向你挥挥手，告别我们轮回的缘分，应招而来天的神鹰，请你带走我一生的荣耀……"他优美的嗓音让扎瓦们都静了下来，静静地倾听着，尕玛唱完这首《天葬》后，扎瓦们都为他鼓掌。可堪布罗阳并没有鼓掌，而是手里攒着念珠，嘴里依然默念着什么，脸色沉了下来，好像意识到了什么。

一日的游玩已接近尾声，各寺院的扎瓦们又忙碌起来，开始收起自己寺院的帐篷和草地上的垃圾。汽车一辆辆离开了山谷，晚霞到来，山谷也陷入了安静的暮色中。

布琼回到家中后依然没有看到二姐的身影，妈妈依然还在担心着二姐的事，但妈妈对布琼只字不提姐姐的事。在这边电厂规模还不太大，供电的方式是间歇性的，正巧今天家里有电，布琼看了一会儿电视后困意让他打了一个哈欠，他便向妈妈说道："我困了，我先睡了。"布琼其实也意识到家人始终不愿让他接触恋爱感情等方面的事。

三个月后的上午，在寺院正和几个扎瓦打篮球的布琼，接到大哥给他打的电话："你中午有时间吗？到德吉饭店来一下，家里有事。""好的，我会赶到。"布琼再没多问事由。到中午时布琼借上尕玛的摩托车奔向德吉饭店，布琼在德吉饭店角落的包间里找到家人，但是却多了几个陌生人的面孔。虽说是家人团聚吃饭，可桌上的气氛有些严肃。布琼坐在一个空位上，打眼一瞧，这不是老酒鬼土丁一家人吗？还有他的两个孩子。布琼这才明白事由，原来是为二姐的事。今天的老酒鬼土丁特别地收拾了自己的头发，还换了件新衣服。他的大儿子和二儿子坐在他身边，二姐坐在他们的正对面低着头。

布琼的大哥先给土丁一家让菜，招呼他们吃菜。两家人客客气气互相让着菜。

直到没人再动筷子后，妈妈向布琼的大哥使了个眼色。大哥就像是上足了弦的表一样开始说起来了："今天我们聚在这里，想必大家都知道什么事，我们就不说没用的了，我们开始是不同意布样和你们家儿子的事，但我们也不忍心让布样难过，所以我们有一个要求，如果他们俩真的能成，就要让他们俩住我们家，这样妈妈和我们兄妹也能照顾到他俩。"

老酒鬼土丁用手抹了一下嘴角的油，若有所思地说："这样不成，我的二儿子虽然离过婚，但他是干部，家里全靠他，我和大儿子都没有工作，以后只靠大儿子跑出租养活家是不可能的呀。"一直静静听他们谈话的妈妈这时也表态了："以后我们定期地向你们家送钱，这样就可以吧！"老酒鬼土丁推了一下自己的大儿子说："你们就放心，如果布样来我们家后我们一定好好待她，你们就放心吧。""是呀，是呀，你们就放心吧！"老酒鬼土丁的大儿子应着说道。这时布样的大姐插话道："我不放心，我是女人，我知道我妹妹以后都要照顾谁，我不放心。"气氛已经有些僵持了，谁也不想再多说一句。因为在场的人都知道谁也不会妥协，布样依然低着头不说话。但她不知道被什么触动了心，开始流起了眼泪，不停地擦拭着。

最后，双方家人在没有结果的谈话下各持己见地散了饭局。晚上只有妈妈一人在家，她不时地叹着气，显得心事重重。今天虽然有电，但妈妈没有打开电视，只有灯泡光照亮着屋子，显得有点寂静。妈妈攒起念珠默默地念着经文，一个人静静的。这时大哥依然和往常一样踏着急匆匆的脚步回家了："阿妈，布样呢？""她没回家。"几句简短的对话结束后，大哥也安静了，虽说是屋里有两个人，但气氛还是陷入了寂静中，妈妈依然攒着念珠默念着经文。

突然，外边传来了摩托车的声音。“可能是布琼来了。”大哥说道。他们都看着门的方向，布琼脸上带着笑容进屋了，一只手提着一包零食，另一只手用大拇指指了指身后：“阿妈，今天有人给我买吃的。”妈妈和大哥看向布琼的身后，看见了布样。布样面无表情地走过来重重地坐在妈妈身旁，靠了一会儿妈妈，打开一包零食吃了起来。当布样的电话响起时她按下了关机键，继续靠着妈妈吃着零食。大哥这才打开了电视，屋外漆黑一片，布琼家在夜幕中亮着灯光，屋子里传出了家人间和睦的笑声。

妈妈把佛珠放在枕头边，家人都睡了。不知是什么力量，将这家人的感情像是用一根线穿在了一起。无形中把他们的心聚在了一起，就好比念珠用一个根线把每个珠子穿在了一起。

最终，布样选择了放弃这次恋情，她也失去了一些东西。可她的心里一定有家人触动她的感动，也许她永远会记住家人对她的关心，更没想到的是虽然家人平时阻止，但关键时却理解布样的感受。也许她会为此而伤心一时，但她也做好了独自面对伤心的准备，也许感情最终是选择。

三、袈裟

玉树的夏季格外吸引人，青青的山、芬芳的草原、清澈的山泉、灿烂的阳光、蔚蓝的天空让人流连忘返。在车里备好食物，和亲朋好友到草滩上过一个惬意的草原休闲时光，又让人倍感舒适，让人忘却心中的烦恼。有带着老老少少在草滩上享受美食的家庭，有形形色色在草滩上畅饮啤酒的年轻人，有卿卿我我在河边戏水的情侣。当然布琼他们几人也有到草滩上玩的想法，这不，现在他们就开始商量明天到草滩上玩的计划。“好吧，我们今天就早点在各自家中准备明天草原上吃的食物。”他们四人达成共识后便分头准备去了。布琼要准备水果和酸奶。在家中布琼让妈妈替他买水果，他自己去买酸奶。布琼逛了一会儿街，买到酸奶回来时已经是吃晚饭的时间了，他到家中后看见妈妈已经把买好的水果放在桌子上。但地上多了一个水盆，仔细一看水盆里有一条很大的活鱼，布琼有些吃惊，大声嚷了起来：“阿妈，这是怎么回事？”妈妈不急不慢地走到水盆前指着鱼说：“这个是我在买水果的时候看到有汉族人卖活鱼，是用来吃的，所以我买回来想着明天你去草原上玩的时候顺便把它放生。”“好的，阿妈。”布琼答应道。

第二天一早，妈妈激动地叫醒布琼：“快醒醒，快醒醒，快过来看。”布琼也有些紧张了，迅速穿好僧服走到妈妈跟前。妈妈焦急地指着水盆里的鱼说：“是不是死了？你看都不动了，你看，你看，白肚皮朝上了，怎么办？我造孽呀！”妈妈对鱼的焦急和自责让布琼也为妈妈担心起来。“阿妈，不要再自责了，鱼是死了，但我会为这条鱼念经的。”妈妈听到这句话时显得稍微冷静了点，但还是不停地在念经。“布琼，那现在这鱼该怎么办？放到河里也没什么用了，怎么办？”

“反正鱼死了，要不，还给卖鱼的老板，他们会吃鱼。”

“不行，这条鱼我是买来放生的，怎么说都不能让人吃了。”

“阿妈，那这样吧，我先收拾一下今天去草原上带的东西，你想好办法后告诉我怎么做才好。”过了一会儿妈妈在院子里叫布琼，布琼走到院子里后看到妈妈在院子的角落里挖了一个坑，便叫布琼把鱼拿过来，让布琼把鱼倒进坑里埋了，妈妈一直对着埋好的鱼念着经，并不断地说：“罪孽，真是造孽，我如果没把鱼带到家里，它就不会死的，嗅嘛呢叭咪……”布琼从妈妈的脸上看到深深的负罪感，这让布琼记忆深刻，然后就大声地念着经走进屋子里开始收拾东西。

汽车在院外鸣笛时，布琼知道是他的扎瓦伙伴们来接他了，布琼带上食物进面包车后发现车里多了一个人，不是扎瓦是一个小伙子。这时尕玛指着小伙说：“我介绍一下，这是我的表哥，我带他出来玩的。”车内的扎瓦都点头致意。面包车内都是身着红色袈裟的扎瓦，就尕玛的表哥穿得有点显眼。面包车后面塞着食物，他们在车内有说有笑地开向了巴塘草原。随着车内的气氛热闹起来，汽车行驶的速度也变快了。

当车停到一处他们认为比较平坦的草滩后，他们开始从车里搬下东西，不一会儿他们就在垫子上铺满了食物，显得甚是丰盛。闲暇的时间，丰盛的食物，无忧的心情，快乐而自在，心里应该没有世俗的担忧，他们无疑是最快乐的人。开始各自玩了起来。一会儿几个人在一起踢足球，一会儿互相追逐着，一会儿又躺在草滩上休息，直到他们的肚子提醒他们该进食时，他们才开始围坐在食物前。他们相互递着食物，让着可乐，吃东西期间还不忘相互开玩笑，气氛喧嚣了起来。扎瓦们开始聊起寺院的事，家里的事，自己的事。尕玛把手上食物一扔，清了清嗓子说：“我想唱歌，我很喜欢唱歌，想唱给好多人听，可我不能呀。”

丹培提了提袈裟，双手一摊对着尕玛说：“这还不简单？你在寺院的法会上唱给大家听呀，人多，只不过要担心堪布揍你，哈哈哈。”丹培的调侃逗得大家哈哈大笑，尕玛脸色先一沉，然后也笑了起来。“我现在可讨厌做饭了，在寺院里我要做饭，到家里家人还让我做饭，我像个每天围着火炉转的姑娘，糟透了。”丹培沮丧着说。“我整天被我妈妈和爸爸像对待犯人一样管着，还每天都告诫我不许干这个，不许干那个，这个不能干，那个不能干，我都是大人了，我懂我该干什么。”闹布说完猛喝了一口饮料。布琼从塞满零食的嘴里轻轻吐出一句话：“扎瓦就不是人吗？”

“那你的烦恼是什么？”丹培指着尕玛的表哥，“说说，我们也听听。”尕玛的表哥笑着说：“我没有什么烦恼，就是我交了两个女朋友，这让我有点头疼。”“那是你自找苦恼，早晚会死在女孩的手里，你看看我们，我们就没有这种烦恼，一个人不用顾生活的琐事，多快乐，多自在。”尕玛说着话弯下身子：“大家吃呀。”用手将零食拨散开。四个扎瓦开始大声地聊了起来：

“我看扎瓦未必都快乐吧，我们见扎瓦还俗的也不少呀。”

“那你知道当扎瓦的意义是什么？”

“自己知道就行了。”

“是呀！”

“那可不对，扎瓦也是人，再说了四只脚的牦牛都会跌倒，何况两只脚的人。”

“那说明你当扎瓦的心不纯。”

“我不同意你的说法。”

“好了，好了，我不想说了，我们还是玩吧，吃东西。”

“对，对，我们踢球。”

“不，我要躺着。”

“我还要听歌。”尕玛的表哥目睹了四个血气方刚的年轻扎瓦一顿扯着嗓子的辩论，然后他们各自干各自的事了，而布琼的心里只是盼望着早点结束今天的游玩。

等到扎瓦们玩累了，东西也吃得差不多了，他们卷起地铺，收拾好了垃圾，坐着面包车带着吵闹声，离开了巴塘草原。

几年后的一个下午。“喂！布琼你后天就要去西宁了，我晚上开车来接你，我们晚上一起吃饭吧。”

“哦呀。”在家里的布琼被他妈妈追问着，“是谁呀？什么事？”

“哎呀，阿妈，是尕玛。”

“他说什么了？”

“说晚上和扎瓦们一起吃饭，哎呀！阿妈你就别总这样追问了。”

“瞧！现在孩子长大了就开始顶嘴了。”

“我没顶嘴呀阿妈，给点钱晚上可能要用。”布琼的妈妈把手伸向了怀里，从脖子上挂的佛珠和凌乱的护身符中梳理出一个小布袋，从中掏出一些钱：“十，二十，给五十元。”

“五十太少了，再给点。”

“你们有几个人呀？”

“四五个扎瓦。”

“再给你五十元，你们可以吃点面片，不要吃太贵的。”

“好了，好了，我知道了。”

“你看你现在脾气变大了。”

“没有呀。”布琼把钱放入怀里转身走了，妈妈边看着布琼边收拾脖子上挂着的钱包。

天色稍晚后，布琼他们坐在了一家饭店的包间里，还来了寺里的两个年轻扎瓦，“丹培怎么还没来？”“他说他一会儿就过来。”“好吧！那我们就先叫菜吧。”“我们点什么菜？”互相让着菜单，都只是翻了翻菜单没有点菜，菜单又回到尕玛的手里。“你们怎么不点呀？”闹布喝了一口茶说：“你知道我不认识汉字，你还让我点。”“那你可以画呀。”尕玛笑着说道，他们都笑了起来。“还是我点吧”尕玛翻开菜单。“服务员，服务员。”“来了。”

进来了一个汉族的服务员。“你们这里哪个菜好吃？”服务员指着菜单说：“你们吃肉吗？这个菜好吃。”“我们吃肉，但不要鱼肉。”“好的，那就这道菜吧，牛肉的。”“好，就这个，还有这个，快点上啊。”“好的。”服务员一出包间门，他们就对着尕玛笑了起来，“你们笑什么呀？”“你和佳莫（藏间称呼汉族女性为佳莫）说话的时候可温柔了。”“你们不要胡说。”尕玛指着布琼说：“刚才布琼看佳莫的眼睛都快要掉到桌子上了。”“你才胡说。”布琼辩解道并发了一个誓，“我才没看呢。”这时闹布又添油加醋地说：“这里佳莫没什么好看的，西宁的佳莫才好看呢。”布琼嗓门有点放大地说：“你们说够了吗？我要翻脸了啊。”尕玛拿起电话说：“好了好了，不开玩笑了，我给丹培打个电话。喂，丹培是你骑着摩托车还是摩托车骑着你，怎么还不到？你快点呀。”尕玛挂掉电话后他们又笑了起来。

“隔壁怎么这么吵？我刚才尿尿去的时候看到几个男男女女喝着酒，现在的女孩也喝酒。”

尕玛说完后扎瓦们都有不同的表情。等菜上齐后丹培也到了，他们开始吃了起来，饭菜很好吃，只是隔壁包间有些噪声，让他们有些反感。从隔间传来的噪声让滴酒不沾的扎瓦们没法安静地吃饭和聊天，这时从寺院里来的两个扎瓦的其中之一用手拍了一下隔间的墙，示意让隔壁的人安静，隔壁似乎安静了许多。扎瓦们继续吃着饭，聊着天。可过一会儿隔壁的包间又开始吵闹起来，这时扎瓦中间传来一个声音：“要不，我去揍他们一下？”尕玛说：“算了，我们赶快吃完饭吧。”布琼接着说：“谢谢大家为送我而一起吃饭。”闹布和布琼接着说道：“对了，布琼你为什么事去西宁呀？”“我表哥要买个面包车，顺便给表嫂和孩子看病，我帮他们，去的时间不久。”布琼回答道。“我还没去过西宁，回来时给我们带礼物啊。”丹培边说边开始收钱，“这次，布琼就不用收钱了，就当我们送你的路费吧。”吃完饭，扎瓦们向布琼道别后，尕玛把布琼送回了家。

到家中后，妈妈和二姐已经把布琼明天要带的吃的准备好了，妈妈嘱咐布琼多照顾好表哥和表嫂，并塞给布琼二百元，二姐将一百五十元交到布琼手里说道：“一百元是大姐让我给你的，她来过了。五十元是我自己给你的。”布琼把钱收好后，放入怀里，回卧室去了。躺在床上的布琼睁着眼睛，不知是不是为第一次出远门而有点兴奋了，入睡的时间较晚了些。

次日凌晨五点被妈妈叫醒的布琼揉着沉重的眼皮，一件件地穿起袈裟，洗脸后吃上妈妈拌好的糌粑，等着表哥的到来。妈妈还把二姐叫了起来，也让二姐送布琼。布琼表哥和雇的车到布琼家后，妈妈一只手握着布琼的手，另一只手抓着一把米，将他送到车上，二姐把布琼的盘缠和衣物送到了车上。等汽车离开时布琼和妈妈碰了额头道别，向二姐挥了挥手。车子离开一段距离后布琼看到妈妈向天上撒着米，嘴里诵着祈福。

伴着晨光布琼在车里听着孩子的哭声和表哥与司机的对话，左顾右盼显得有些好奇。“扎瓦，你是第一次去西宁吗？”司机对着布琼说。“是呀。”“那你高兴吗？”“高兴。”“我们能很快到西宁的，我的车比班车快多了。”“哦呀。”表哥对着布琼说：“到时候我会说路上经过的一些地点，还有布琼和嫂子如果饿了就吃点车上带的零食。”

从早晨到中午，又从中午到傍晚，车子里的他们一会儿有人说话一会儿有人睡着，一会儿有人吃东西一会儿有人要求撒尿。车子走走停停，孩子的哭声依旧断断续续，只是布琼把表哥说的一些地名有的记住了，有的没记住。“住清水河—野牛沟—什么什么—花石峡—什么什么—黄源—西宁。”等他们到后天色已晚，布琼和表哥他们住进一间宾馆。因为是夜里到西宁，布琼没看到多少地方，只是觉得有很多灯光亮着。

次日，表哥决定先去给嫂子看病，他们收拾好东西走向街上。布琼和表嫂紧紧地跟着表哥。初见这么多的车和人布琼有些不安，更让布琼感到不安的是，异地的人们用异样的眼光看着他。布琼低着头步步紧随表哥。白天一天的时间就在医院的排队、等待、就诊、等待、开药中过去了。晚上他们去了一家挺大的饭馆里，布琼和表哥他们坐在一个角落里，可依旧能迎来异样的眼神。布琼打量着四周，发现这里的佳莫确实很白，很漂亮。等他们吃完饭回到宾馆休息时，布琼在西宁的一天就结束了。

第三天，表哥安排让布琼陪他去看车，让表嫂和孩子在宾馆待着。等晚上回来后让他们发笑的是，嫂子不敢出去买吃的，在宾馆里饿了一天。

第四天，表哥领着布琼买东西。“布琼你想要买什么东西或回去时带的礼物?”“我想买个新手机和给家人的礼物。”“好的，我给你买一个，你用你的钱买其他东西吧。”布琼拿着表哥给他买的新手机在电子商城逛着，突然他停下脚步在一家柜台前向老板问了一部 MP3 的价格，这时表哥在看光盘，“老板，这个多少钱?”“这个一百六十元。”“便宜点。”“一百五十元，不能便宜了。”布琼掏出一百五十元买了下来。当他走向表哥的方向时，看到另一家也摆着他刚买的 MP3，跟他的一模一样。他向老板问了一下价格，当听到八十元的价格时，布琼顿时心里产生了懊悔、害怕，觉得自己被骗了，即便这样布琼也没有把事情告诉表哥。

两天后他们坐在新买的面包车里，布琼也带着送给家里人的礼物一起回家了。

回到家里的布琼，边与家人分享着去西宁的愉快，边给家人送着礼物。“这是给阿妈的鞋，穿上一定很舒服的。这是给两位姐姐的钱包。”妈妈打量着鞋显得有些高兴地说：“一定挺贵的吧，还是真皮的呢。”“不贵，阿妈你穿着舒服就行，不要舍不得穿。”“布琼，从下个星期开始你们寺院里有法会，这一段时间你要住在寺院。”妈妈说着话把鞋收了起来。布琼在不经意间叹了口气懒懒地回答道：“知道了。”这个不经意的叹气，让妈妈有了一种不安的预感，也许是妈妈多虑了。“布琼，你准备准备你要带到寺院的东西！”布琼应着妈妈的话，掏着电话走到房外打起了电话。回到屋里，布琼跟妈妈说：“阿妈，我去买些东西就回来。”“哦呀，回来别太晚了。”“哦呀。”布琼提了提袈裟，打开MP3戴起了耳机，这时妈妈对着布琼说道：“不要总听歌，多念经。”布琼不耐烦地回答道：“哦呀，哦呀。”便走出去了。

他走到巷子里，认识他的人和邻居都主动和他打招呼。“扎瓦，您去哪里？”“扎瓦，好久没见您！”“扎瓦，你慢过！”布琼也腼腆地打着招呼，只是他意识到他没有了自己的姓名，“扎瓦”这个称呼已经是他的姓名了，已经是他的身份了，他自己都忘记自己的姓名了。

几天后，布琼在寺院里收拾着自己的床铺，其他扎瓦也陆陆续续回到寺院里。闹布、丹培也回来了，在寺院的晚饭上他们才发现尕玛没来，他们开始聊了起来：“尕玛怎么还没来？”“我给尕玛通了电话，他说他病了，已经向堪布请假了。”他们三个在寺院里，已经没有了以前那种互相跟随的样子，在他们熟悉的脸上多了九分成熟，开始各干各的事情。等他们晚上就寝前给尕玛通了个电话，聊了会儿天就休息了。布琼看着不断在床上翻身的丹培，他们依旧睡得有些晚了。

寺院里已经开了连续几天的法会，布琼、闹布、丹培起早贪黑的这几天里，觉得在寺院简单循环的生活有些乏味。可是每次在寺院的佛堂里点燃酥油灯，心里默念着经文为众生祈福时，布琼和其他扎瓦心里又会静如水，忘掉了世间的一切俗事，忘记了忧伤，忘记了寂寞，忘记了欲望。

法会期间扎瓦们通过百姓的供奉和寺院布施得到了不少的钱，这一天的法会刚结束，僧侣们吃过晚饭各自干着自己的事。这时丹培接到一通电话，他把布琼和闹布叫到跟前说："今天晚上我们偷偷去网吧玩吧，明天反正也没有法会。"布琼探了探四周说道："堪布知道了我们就完了。"闹布接着说："不会知道的，我们半夜偷偷回来。"丹培点了点头说："对，早去早回，顺便把我们寺院的多热也一同叫上去，他晚上去过网吧，就说我请上网费，他一定会去的。"

夜深了，寺院外边漆黑安静，夜空下深红色的寺庙没有几间屋子闪着灯光。布琼他们的房间突然亮起了灯，一个很低的声音从窗外轻轻传来："喂，兄弟们，走，声音轻点。"布琼他们一个个从屋子里蹿出来。多热示意其他人都小心翼翼，然后悄悄地溜到了寺院门口。多热、丹培他们将各自的摩托车推到离寺院很远的山坡下，布琼、闹布轻轻带上门，拖着沉重的袈裟跑动的脚步很碎很快，追上等他们的摩托车。在微弱的摩托车灯下多热领着路，布琼坐在摩托车后座仿佛感觉到这种兴奋似曾相识，这种刺激的感觉让布琼莫名地享受起来。

等他们走进网吧，每人办了一张通宵卡。丹培买了一些饮料，一个个地看着上网的人，似乎在找什么人一样。他在网吧的最角落停住脚步和一个戴着鸭舌帽的人打着招呼，并坐在那个人的身边，他们好像事先商量过一样。其他扎瓦也跟着过去，坐到他们身边的空位上，对和丹培打招呼的人感到有些好奇，那个人戴的鸭舌帽的帽檐窝得很弯，上身穿了一个红色的夹克，奇怪的是下身竟然是僧服。更意想不到的是那个人突然主动向他们打起了招呼。原来是尕玛，这让扎瓦们感到有些惊讶，除了丹培。但由于是在网吧，人杂，他们压制住了自己内心对尕玛的惊讶，不动神色地玩起了各自的电脑。

到半夜时，布琼、丹培、闹布三人显得有些安静，只顾玩着自己的游戏或看着电影。可多热玩游戏时的叫声有点大，但网吧里那么多的人里没人敢劝阻让他安静。还有尕玛，看着他戴着耳机似乎显得很自在，有时还会放声唱起歌来。布琼感觉到没人敢触犯扎瓦，就连在过道里那些年轻人碰到扎瓦都要躲着点。

不知道玩了多长时间，时间已经到凌晨五时，他们相互催促着离开了网吧。在回寺院的途中困意让布琼有些难受，身体感到有些冷，趴在丹培背上期待着早点到寺院。等他们把摩托车骑到离寺庙不远的地方，就将两辆摩托车推到院子，便各自回到房间，布琼倒在床上，好像思考着什么："以后会不会接受或习惯这种玩法？"但由于太困就没再想什么，闭上眼睛开始熟睡了。

第二天，多数扎瓦都回家了，堪布也早早出去了，没人察觉他们睡到很晚才起床。晚上他们依然去了网吧，依然和第一天用的溜出寺院的计策一样。可这天半夜发生的事情和昨天不一样，多热将一个男孩拉到网吧门口，把那个男孩的头皮用石头开了血，谁叫那个男孩玩游戏时和多热叫嚣。布琼没有参与这次打架，尕玛和其他扎瓦都把劝架的年轻人扇巴掌打散了，没人敢再劝架了。给那个男孩好好体会一次，以后不要对扎瓦不敬。这天凌晨布琼一行人回到寺院里躺到床上，回忆着打人的一幕。有点让布琼后怕，没等布琼想好以后会不会还发生更严重的事，就因为整夜没睡太困入眠了，睡得很死。连续几天的网吧通宵日子过后，布琼只是记忆犹新地反复想着，多热打完人后回来的途中说的一句话："最讨厌他们那么看待我们，好像扎瓦不是人一样。"第五天，他们在寺院放假的情况下各自回了家，他们下次见面时，应该是寺院召集他们回寺的时候了。日子就这么过着，时间就这么走着，不知道还会发生什么事情。

五年后，在亘古寺的院子里，只有丹培的身影，熟练地为桑烟台上添着桑柏叶，仰起头看着寺院上面的天空，桑烟弥漫着整个寺院，然后低着头看了看刚出家的几个小扎瓦，想起来好多事。悟智活佛已经去闭关静修了，也许会是三年三月零三天，也许会是一生不出来。堪布罗阳现在掌管着寺院的事情，显得苍老了许多。闹布现在每天都在接触着生死轮回的事情，那里离死亡更近，那里离轮回更近，他在巴塘天葬台长期和秃鹫住下了。

在另一边天空下，一个身穿休闲装留着长发的青年，仿佛心事重重地在转着嘉那玛尼石经，脚步很沉重，头也压得很低，看上去若有所思。他只会想着一个画面，一个年迈的母亲听到一句"他已经脱掉袈裟了"时的表情，满脸皱纹的脸上表现出的那种失望，那种痛心，那种懊悔，那种羞愧，会永远记在这个青年的心里，永远。他深深地嗅了一下桑烟，仿佛嗅到了小时候第一次在寺院闻的桑烟。他伫立在人群中好久，最后，走向了一辆面包车上，发动起来。他从兜里掏出一张光盘说道："没想到，尕玛真的当了歌手。"就在这时一个人向他喊道："喂，到格萨尔王广场多少钱？""十元。""快带我去那里，快点。"他收起了光盘，叹了口长气，懒懒地踩了油门。

车子渐渐远去，还有一双眼睛注视着车子。一个满脸皱纹、两鬓斑白的老妇女，穿着藏袍，手攒念珠。目送着刚离去的面包车，便蹒跚着继续转着石经堆，转到最后一圈时，她显得有些疲倦，眼眶有些湿润。她抱起了一块石经，不经意间眼泪落在了石经上，石经并没有马上吸纳掉这颗泪水，而是凝成了泪珠晶莹在了石经上，老妇女将石经垒在石经堆上，拖着重重的脚步蹒跚走远。

《青海湖》发表

散文篇

青稞田边的漫步

烈日炎炎，没有一片云遮住太阳。强烈的阳光照射着山沟里的人们。人们被晒得蠢蠢欲动，热得有些急躁。艳阳下的汗水，晶莹闪烁，像一颗颗珍珠发出细小的光。

真想拧团云，挤出一点雨水润在山沟里。

山沟里的人们在空旷的草地间搭着帐篷。同时，炙热的阳光也洒在山沟里。人们眯着眼，脸庞都显得通红，汗水在前额积珠，只要低下头就会顺着鼻梁流到鼻尖。

在这种烈日的天气中，阳光直射眼睛，他们依然整理着藏袍。

女人们不断地相互顾及着头饰的矫正，提醒着用粉底及时补妆。

男人们不断地提拉着身上厚重的藏袍，相互梳理着卓舞帽上的红色细须，亮一亮腰间的藏刀。阳光照在藏刀刀鞘上，折射出一道道白炽的光。

他们是民间自发组织的舞者，农活间隙腾出时间排练舞蹈，为的是当地赛马节之际，给当地的人们表演传统藏族舞蹈。

当地的观众们早已围坐在跳舞场地的周边，有老有少，身着盛装，佩戴首饰。有金有银，有珊瑚，有玛瑙。都聚在山谷，像聚宝盆。

随着当地仁波切的祈愿颂福后，表演在烈日下开幕。

准备好的舞者一个接着一个在人们的欢呼吼叫中舞动，原生态歌手一首接着一首将山歌悠扬到山的另一边。短暂忘记酷热的观众们，现已有些坐立不安。

可民间舞者们挥汗如雨，丝毫没有擦拭的动作。此时，山谷酷似热锅，但舞者与观众脸上洋溢的喜悦，是一种根深蒂固与严酷环境抗衡的高原生存态度，我们都具有，雪域高原人都该具有。

在这种烈日的天气中，阳光直晒头顶。

舞者舞动，挥起长袖，翩翩起舞。

如果说，长袖挥起的是豪放，倒不如说长袖挥起的是疆土辽阔。

如果说，山歌唱出的是感情，倒不如说山歌传唱的是祖辈心声。

如果说，哈达献上的是赐福，倒不如说哈达传承的是民族气节。

如若有一天我看不到这一切，看不到穿着藏袍挥起长袖。发髻上不再装饰珊瑚玛瑙，身上不再穿着藏袍佩带腰刀。这一切都被看作是臃肿的装饰，繁琐的活动，习俗变成了陋习，这才将是让我们啜泣的悲怜之痛。

表演散了，各自散去。太阳依旧很毒，热！热！热！

我望见远处的青稞麦田，在艳阳下晃悠着饱满的脑袋。

我步伐没有加快，漫步过去。漫步在青稞田边，心里若有所思。青稞田在我心边，近在几步，远在天涯。

一步，一步，走近。我走失在了青稞田边，像一个不想回到房子里的儿童。

触摸青稞麦穗，我触摸到了灵魂的主食。

中国散文网发表

阿爸的雨·祭

从不会有任何征兆，就像突兀的滂沱大雨。

艳阳变颜黯淡天色。连绵斜雨形成一道雨帘。我的双手扶于阿爸的脸，填充不了从颧骨到下颌间的咫尺，映射着在我童年里他极短的爱抚。我小小的手夹着阿爸的脸，对视着他浸润的眼睛。雷电突闪的一瞬间，将他敦实的脸闪得煞白。雷山滚滚，每道电闪像我是记忆里开启的闪光灯，一幕一帧地印在脑壁。

阿爸，总是擅长讲述故事。

在他嘴里讲述的人物都是将军、好汉还有神仙。至今有些人物我还记得。大雨，只有滂沱大雨，阿爸才与我伫立在土房门框内，指着雨帘讲述故事。在雨帘中寻找人物身段。瞧，这是三十大将中的几位将军，他们头戴金胄，身穿铠甲，腰挎长刀，威武凛冽。果真，飘忽不定的雨帘在阿爸的嘴里，在我的眼里塑造出鲜明的人物。那时我还很小，很小，还没能力体恤他的手颤动的原因。

二十多载已过。

我跋涉到庙宇，眼帘内，赭红色的寺墙，阳光恩泽，寺墙鲜红。金色的大顶，阳光恩惠，金顶金灿。二十多年前的雨中定格的影像，依旧在脑壁，并未泛黄模糊。我匍匐膜拜在赭红的墙，金色的大顶寺庙内。我慈悲的菩萨，请您慈悲的慧眼垂顾我悲悯的心。为终生坚守忠贞的阿妈，滴两滴慈悲的泪，化作我的祈愿，一滴是让阿妈长寿，另一滴是让阿妈健康。瞧见阿妈日渐衰老的身姿，一颗担忧的心油然而生。是在她带着满脸的皱纹转过身，将岁月重重压垮的背脊朝向我时，是在我远离她许久、多远的地方想起阿妈的身影时，担忧油然而生。

我遭遇过大雨。

有雨。有雷。有风。有我。没有阿爸。

任大雨，任滂沱大雨淋透我的全身，湿透我渗入体内，一阵阵的湿冷从头到脚，从外到里淋个透。凌乱的雨声搅乱我的心志，生硬的雨珠击打我的身体，雷声滚滚震颤着心脏让我害怕。

浸浔，打击在我身上的雨水开始发热，热过我的体温。这种热度我很熟悉。感官依稀在说明，这像阿妈忠贞终生所憋住的泪水，积蓄多年，煮沸了雨水浇到我的身上。我是一个不轻易哭泣的人，泪腺干枯了好多年。此时，我不知道眼角流出的热热的东西是什么，眼角流出的热水和雨水从我脸颊上往下淌。雨水在安慰我，暗示我。雨中会看不到我的眼泪，就像我难见阿妈落泪。

眼前模糊，开始播映阿爸描述的人物，雷雨交加。闪电颤心。我伫立仰头。此境，将我带回小时候。不过我现在身体强壮稳稳站立，只怕大雨压得我弯曲了膝盖。我自语，站稳挺直膝盖，顶立大雨中，才晓得那是阿爸的身躯遮住幼小的我时的大雨。雨水伸拉成长长的线条，密密麻麻倾泻在目力所及处。雷电暂未作声。出现造型鲜明的人物在雨帘中行走。

这是阿爸的雨，形成的雨帘最终隔开了他和我。此时眼前的雨帘中我裁剪着阿爸的身形。但这雨水更像是阿妈一直未滴下的眼泪，积蓄了很多年，很多时间。我继续伫立，雨水变热，变烫，烫了身体三十九度。

中国西藏网·文学馆发表

街边的乐队，止步了心曲共鸣的人

城市里，没有刺眼的光晕，但这里的行人眉头紧锁，目光流露浮躁。即便有宽敞的街道，但人群穿梭依然显得有些拥挤，各自匆忙地避让出一个人身宽的距离。芸芸众生，匆匆忙忙，行人，几经辗转，几经迷失，几经游离。人行，几度回眸，几度搁浅，几度邂逅，或是顺流，或会逆流，苍苍茫茫。相同的街道，不同的面孔，怀着异样的心情，若有忧虑，若有安定，若有迷茫，拥有着各自不同的心绪，但心曲兴许有着同样的共鸣。因为，都在街边的乐队周围停住了脚步。

情侣止步，依靠着并肩而立，聆听；十指相扣，心里享受着能有彼此陪伴的时光。他们此刻恩爱，也许刚拌嘴和好不久，也许他们分隔两地才重逢一会儿，也许他们刚刚许诺数日后的婚礼。

老人止步，停住了步伐揉了揉眼睛，聆听；双膝微颤，追忆着当年对老伴唱过的第一首歌。或许当年他追求老伴时，没送过贵重的信物。或许当年他头发梳得油光可鉴，虽没有时髦的衣服，可他的真诚打动了那时年轻老伴的心，现在只能回忆。

西装革履止步，解了衣领扣，聆听；松了松领带，握紧了手中的提包，每天追逐着公交的末班车，习惯着早出晚归。力争在同事面前得到赏识，赢得一席之地，但现在略感疲惫。

香艳粉末止步，抿了抿红唇，聆听；甩发丝飘于风中。许久一直忙碌着家里的琐事，料理家务，照顾家人，自己好久都没有听过一首完整的歌曲。

街头，不冷，不热。车水马龙，公交车不知疲倦，一趟又一趟，接来一拨人，送走一拨人。

乐队，不疲，不倦。人海翻澜，没有相约，在此遇见。没有道别，从此擦肩。

行人，不走，不停。人海浮沉，沉者自沉，浮者自浮。有身份显赫的人，也有平凡的人相互给予的温暖，城市里还有鲜花。

随歌声而聚，随歌声而流。歌声里有阳光，不刺眼但能晃眼睛。歌声里有回忆，就像重复听过的一首歌，证明着过往。歌声里有故事，是你，是我，是大家的演绎。乐队演唱的歌曲，诉说着心曲共鸣之人的故事。

此刻，止步。不觉中身后的背包里装满了形形色色的故事，有笑、有爱、有分离，还有眼泪。梦易醒，世俗深。大梦一觉，在城市街边的乐队旁醒来。其实，陌生人，我们的故事类同。犹如，此时我们只是过客，都只是过客。

短文学网发表

三江之源，圣洁玉树

为什么雪山隆起，头饰日月星辰？为什么江河源头，玉树是心脏？为什么这里的人们敬爱土地？跳着潇洒的舞蹈，唱着动心的情歌，流传很长很远的故事。

只知道这里的天空湛蓝，蓝得犹如一块完整通透的蓝宝石镶在山顶；只知道这里的草原绿茵，绿得犹如漫山遍野洒满了曼陀罗；只知道蝴蝶飞舞，婀娜舞姿犹如仙女在天界轻云般曼舞，飘忽若神；只知道这里的一切自古以来就被一种善良的信仰庇护；只知道这里的每寸土，每口泉眼，每条河流，每个飞禽走兽，都赋予了各自的图腾，都附着了灵魂，都是圣山的主人，这是圣洁玉树。

可曾听说过，玉树境内的尕朵觉悟山在吐蕃时期藏王松赞干布的一次朝拜中被誉为圣山，传说中的格萨尔王将尕朵觉悟山作为岭国主要的圣山祭祀。

还听说过吗？位于玉树的江嘉多德圣山，是藏区二十五大圣山，多康六大名山之一，海拔六千米以上。高峰脚下，有莲花生大师圣湖和圣母湖，在山壁的一岩洞内有自显佛菩萨和二十五尊者法相及莲花生大师的法座，圣山附近的白唇鹿、麝、岩羊、雪豹、猞猁、熊等在圣山庇护下自由自在、繁衍生息。

雪域圣地，圣洁的河水。是四种佛法教派之会、三条江河之源、二美歌舞之地、一个嘉那玛尼石经规模是世界之最。

从古至今流淌得很远很远。诉说着古老的文明，像是宜居在河边最早的祖先，将第一壶煮沸的奶茶洒在河里，河水沸腾着泛起白色的泡沫，在大地的脉络里流淌。像是敬拜山河的第一条哈达寄入河里，河水湍急地带着吉祥和祝福哗哗潺潺。像是智慧的祖先磨出的第一道糌粑供于雪山，河水在峰峦叠嶂如一口大碗的重山间蜿蜒兜转。

一条江河载着融化雪山的冰水，一条江河融入了悠扬的山歌，一条江河融会了舞者的汗水，三江之源，源头在圣地，圣地是玉树。听着河流声，聆听到了古老、激扬、浩荡、澎湃。河流声里传来了唏嘘的细语，像是在描述什么。仔细听仿佛诉说着第一匹从这里途经的运茶马帮的身影，诉说他们蹈过江河里的水，在河边休整过。江河汇聚漩涡簇拥低吟着，从前有一位长途跋涉的公主途经这里时伫立在这里回望着故土久久，泪流两行，一边是思念唐朝的哀愁，一边是联姻不回头的决心，现如今只有勒巴沟的岩画见证着这一情缘。

三江之源，圣洁玉树。居住的黑发藏人，男人有着轮廓清晰的脸庞，身体剽悍有着与草原一样宽广的心胸，豪放的性情拥有的一腔热血怎么办？那就撒开臂膀跳一段飞腾的舞蹈；拥有的一副好嗓音怎么办？那就亮一亮嗓音听得姑娘心情澎湃。女人有着轮廓俏媚的脸蛋，体形矫健拥有与山泉一样清纯的心理，含蓄的品性不能主动外露怎么办？那就优美地飞舞一段曼舞；天生的一副金嗓子憋不住怎么办？那就唱一曲听得男人心里痒痒。美丽的藏族姑娘人美，心美，尤其是结婚那天的美貌连岭国朱姆王妃都逊色三分。

看那圣地的天，听那圣地的歌，饮那圣地的水，拜那圣地的山，观那圣地的景。三江之源，圣洁玉树。噌噌欢腾舞蹈草原间脚铃噌噌，哗哗流淌江河重山间湍急哗哗，悦悦情歌荡漾心田间悠扬悦悦，巍巍屹立雪山天地间峻岭巍巍。

潇洒豪放的歌舞、端庄华丽的藏服、黑帐篷的独特、赛马节的盛会尽在玉树。是玉树人就跳一段舞，舞起血管里沸腾的血液。是玉树人就唱一曲歌，唱起喉咙里美妙的天籁。这就是快乐、无忧、自在的圣地人、康巴人、玉树人的风采和魅力。愿信奉大日如来善良的佛教，生生世世轮回在三江之源，圣洁玉树这“最后的天堂”。

玉树新闻网发表

雨的柔，雪的软

每逢初春松柏嫩尖透亮而翠绿，散发出清淡嫩雅的香气。无法比拟人造的名牌香精的味道。像是婴儿身上散发出的乳香，近乎于生命诞生时的最初味道。

正当时捏几颗嫩松尖在手里搓热，轻轻一嗅。淡雅的味道略有乳香，区别于人为制作的香精。许久误认为香精与酒精的混合液体才是香味，却忘了人类与自然诞生时的体香，那么真实，那么原始。

初春，一抹淡雅，一丝嫩绿，一点爱恋。雪域草原其实也有她柔美的一面，我想看到雪山、草原的柔美一面。不想再呈现高原冷峻僵硬的山峦岩石。

海拔四千八百二十四米，顶峰积雪不化，山坳溪水潺潺。

山顶沉沉浮浮汇积细碎珠帘。

春风唏嘘卷袭雪山上的寒气。

出生的草苗如同婴儿般娇嫩脆弱。眨巴眼睛望着天空，不知道天空蓝色布景中，行走着的通红金光灿灿的圆圈是什么。望着它在天空：

时而闯进云团，

时而跳进七彩的光环里，

时而投下一些灼热刺眼的光，

像是一个忙碌的父亲，只能瞧见匆忙的身影。

对于出生的草苗它是不会知晓严冬冰封大地残忍的死寂的。纯洁地将小手伸向坚硬的石卵，也伸向了伸懒腰的老杨树，只不过睡醒的老杨树不准备将历经严酷的寒冬告诉草苗。最后草苗伸向天上圆圆的，红彤彤的圆圈。乞求拥抱。乞求给予。乞求回应。就像人类婴儿啼哭吃奶的原始本能。在这伟大生命的诞生背后，万物皆沉浮，迎接新生命的到来，迎接新希望的重生。

无坚不摧的雨也心软了。碎成细细丝丝的水线落下。

软软的，软软的。湿润。

坚硬不化的雪山心软了，积雪在雪山顶上开始融化。

柔柔的，柔柔的。融化。

用雨的柔，雪的软。滋润渗透雪域草原。款款绵绵，一切那么柔，一切那么软，一切都在漂泊云朵下的目力所及之处。

高原的一场阴雨天，让我联想起了婺源那一天的相遇，像是你遇见了一个情投意合的人，她拥有你所有想要的优点，只是相见恨晚。邂逅，错过。婺源，一个雾气弥漫，植被湿漉。淡雅得让倦怠的心又萌生隐居的恻隐之心。房屋粉墙灰瓦，与淡雅的色调浑然一体。抛去生命的终结，只想拥有一亩田，守一份心，终老。

我回到高原玉树时所面对的高海拔，倒也如鱼得水，如鹰得天。毕竟我的根就在山里，回归山里理所应当，只是不要辜负了高原姑娘的温婉。再次回归高原，我用另一种心境倾听高原的柔美。也看到了雪山里的一抹绿草。记忆犹新的是严酷气候的冬天里阿妈时常反复低声传来的挂念。

高原的天气像极了孩童善变的情绪，一会儿艳阳，一会儿阴雨。依稀撒娇着她的柔和软。请记得，用婴儿般的视角去体会高原短暂的初春，她来得迟，溜得快。懂得她的柔嫩、她的纯真。

五月底的雨会轻轻触碰你的脸庞，像是他用一直冰冷的手触摸你的脸。五月底的雪也会变得不再倔强，柔化成寒水流淌。像一股清泉，柔柔软软的沁入心扉，沁入草根的末茎，沁入岩石干裂的缝隙间，无声无息。

俏皮的细雨投怀于无动于衷的雪山，体现着雨的柔。感动了雪的软。因此，雪山为春雨而融化。系了一席感动，添了一段遐想。就像男孩说的：我愿化成绵软的雨水，渗透到你心里积雪的柔弱处直到融化。

《黄南报》发表

寻觅传说中的卓玛

清风牵手草原的芳香，天空铺开蓝幕显宽敞。
艳阳温暖厚地的胸膛，云朵寄思念爱人心房。
太阳背着归乡的行囊，山峰肩扛汉子的臂膀。
皎月猜出卓玛为谁梳妆，姑娘心扉为谁在悠扬。
我心怀一颗执着的心，寻觅传说中的卓玛。
传说她的美貌能让日月动容，
她的贤惠能让不羁的心从容。
传说她有与花朵媲美的笑容，
她的温情能把常年积雪消融。

她的传说，传遍了草原、高山、泉水，传唱了亘古幽美而传奇的美人佳话。印在虹边，刻在岩壁。

打听卓玛，寻找传说中的卓玛，据老人透露先要问天。苍天表意：你的祖先用清香的桑烟熏染了我，听到了清晨向天的祈颂，也看到了向天虔诚的敬拜。愿意将卓玛的身世告诉我，她出生在最普通牧人家的帐篷间，生母将她裹在羊皮袄里，喂饱了牦牛奶。父亲将她抱在怀里，马背是她成长的摇篮。

还要问山川，山川表意：你的祖先用五彩经幡装饰我，祈求我。也目睹了老人拖着蹒跚的步履顺转神山，远途而来的转山人祈愿着放飞风马经，敬畏山神不曾亵渎。愿意将卓玛的性格告诉我，她学会了母亲的贤淑和忠贞不渝，学到了母亲教她拌出最香的糌粑。她听够了父亲讲的故事，也听懂了怎么揭穿男人的谎言和欺骗的方法。

还要问草原，草原表意：你的祖先生在这里，活在这里。感恩着草原的养育，生根在草原用生命世代爱护着这里。愿意把卓玛的影踪告诉我，卓玛会出现在最美的花丛中，亲眼见过她嗅了一朵花香。亲身接触过她躺在草滩上娇手撑扶在草地上。会在蜜蜂的歌唱和蝴蝶的飞舞中，轻轻呼吸，婀娜身姿，侧躺歇息。

继续问河流，河流表意：你的祖先敬水神，泉眼周围垒石经护水纯净，让青蛙当水与人的使者，不捉鱼虾不搅浑河水未触犯水神。愿意将卓玛的美貌告诉我，她清晨背着水桶蹲于河边缓缓地舀着水，在河中照着她的脸庞，手指轻抚脸颊。细细的眉毛，清澈的眼睛，笔直的鼻梁，红润的小嘴，轻声地哼唱小曲，河水都忘记流淌。

最后问人们，人们说：

美丽的姑娘千千万，
卓玛的美丽万中一。
贤惠的姑娘千千万，
卓玛的贤惠万中一。
忠贞的姑娘千千万，
卓玛的忠贞万中一。
寻觅卓玛的千千万，
找到卓玛的万中一。
问一百个男人，有一百个男人对她有心跳。

问一百个女人，有一百个女人对她怀妒忌。
若真想看见卓玛并不难，卓玛化作仙女是生母。
若真想遇见卓玛并不难，卓玛其实就是你的伴。

《丽江一读》发表

展翅飞翔，就不能抱以双手相拥

曾不顾一切展开臂膀，逆风飞翔，接近太阳，踏云翱翔。侧身飞翔于天空和山峰的缝隙间，停顿在云与风的间隙层。任峰峦叠嶂只顾保持向往自在飞行张膀之势。兀傲向往自在、狂野的随心随性。我是翱翔在云峰端的雄鹰。

曾想鹰击长空俯瞰视山为丘，远离万物之卑微不与自己干系。浩荡天空长啼一声，穿透到寂静的山谷，融入川流不息的河流，惊吓了静静生长的植物，萌生了爬行动物的向往。可自己将寂寞、遗憾寄托给了从身上掉落的几片翎毛，翎毛飘飘荡荡随风摇曳轻盈地落到地面，歇息了，安眠了。以为鳞潜羽翔各得其所，然非，展翅飞翔，就不能抱以双手相拥。仍固执地不肯落脚，只为残存在记忆深层一丝远离世俗庸碌的苟且而翱翔，追逐着自由自在不羁的一种快感。并未怯懦置身风口。殊不知地上万物生息，彼此相拥相濡以沫。为所需而踏实，为所爱而真诚。

天空空荡，独自单翔，寒风随着气流直激心脏，略感孤寂，却不曾想蜷缩着拥抱自己，也不曾试过得到拥抱。扇动强健翅膀俯瞰小溪涓涓细流投入大河怀抱汇成汪洋。花朵稳稳伫立孤独时用叶片包裹着自己仰头等待雨滴。

盘旋着在每座山顶周旋，渐渐懂得高处的寒冷开始质疑自己飞翔的初衷，却固执己见认为自己需要飞翔。惧怕收起臂膀会坠入崖底，堕入鸡群之危。目睹软弱的羔羊穿行山谷卵石硌脚步履维艰，周遭不时滚下攀岩山羊蹬踏的山石，看似坎坷的处境还有祸端的突袭。原来是逆境中的兀突考验，是羔羊攀登岩石纵使跌落粉身碎骨，是雄鹰挥动翅膀纵然折翼坠崖。

原以为万物一直在仰视，除日月星辰俯视以外。没有一道屏障阻隔我蛮飞的方向。许久，落地才发现自己其实失去了巢穴里久别后的温存。熟悉的地方已没有了落脚的枝杈，猛然间醒悟原来顾此失彼。收起翅膀落地行走，懊悔哀啼用爪子拾捡细枝重新筑巢，脚踏实地挣得一席之地。

在漆黑的夜里用翅膀紧紧抱住自己，身上每根羽毛都在责怪自己只懂得飞翔，连风都夹杂着讥讽之声肆虐着直逼眼角里的泪水。才觉得自己寒冷无助，开始畏惧，觉得疲惫脆弱，颇感前所未有的孤寂。原来我不是在飞翔，只是一直逃避在飞行的轨迹里。

再次展翅飞翔，挥几挥翅膀望几望巢穴。飞到溪边啄几口水滴照一照身影，落到灌木丛间避开荆棘啃食几粒干果。盘旋在群山上，回荡在草原上不再啼叫，只让影子在地上飞速地划过。不再炫耀不顾一切的自在飞翔，现看来这不羁的飞翔是不着边际的挥霍。直到真切地接触土地才懂得了飞的意义，飞得再高也飞不出心里的眷恋，飞得再远也不愿飞出心里的边际。懂得落地守得一寸容身之地，想得拥抱必先收起翅膀。

搜狐网发表

玉树美，入秋时

秋入高原，灌入原野，秋入山涧，流入心间。带着彩虹的色彩，色彩绚丽缤纷。秋分，红给了天边的朝霞，绿给了流淌的河水，黄给了泛黄的山体，蓝还给了天空。细雨作弄，秋风丝寒，款款绵绵，美如水墨画。

一日犹如一年，一时的明媚阳光倾盆大雨，一时的灿烂阳光冰雹突袭。一日映射四季，草原的天，恰如小孩随性的脸。艳阳满天，冰雹调皮，山峰覆盖浅浅的雪霜，山岭却裹绿植，山麓枯草泛黄，山坳零散着牛羊，无忧、稀疏、自在，此景让南龙苯巴山色彩有意缤纷。

云团漫不经心地歇息在山头，时而蜷缩成团，时而舒展拉长尾巴，时而蒙住太阳。光从云间透射，在山坡上投射出一片片黑影，缓动。

深绿的柏松染绿一片，枯黄的山草染黄一片，渲染美景，画入了玉树年轮的时光里。群山环绕，连绵起伏，山顶大云朵牵绊着小云朵，织起一串雨帘。

秋风把唏嘘的细雨，从远处的山峦间缓缓吹拂。细雨绵绵落栖叶面，细雨霏霏倾斜山路，细雨蒙蒙湿润眼眸。

点点滴滴雨珠涟漪山头，轻盈地漫过山谷，一串串小水珠沁透一片云层，晶莹雨雾缓慢轻飘，在西边的山峰云淡风轻。

细雨走远，彩虹赴约悬挂重山间，架起虹桥为两座山峦传递甜语蜜言。

山泉沁入积雪融化冰水，清澈透明潺潺细流山谷间，流连河水，给河水添了一些寒意，又增了几分碧绿。汇聚三江，湛绿、细腻、焕然、流淌。

秋意浓，入心暖，凉风寒。树在路边等待，一片孤叶飘游离，风轻轻吹送叶儿，离落下的枝头越来越远。回头只留下，淡淡的忧伤，丝丝的不舍，凉凉的触动。叶已飘落，树瞭望，感秋离，瑟瑟抖动，留恋着一边绿，一边黄。

两岸，一边松柏倔强的油绿，一边杨树柔顺的枯黄，其间公路黝黑，快速游离其中，落叶沙沙与秋风擦肩，邂逅，迷离恍悟。

秋情将逝，秋意阑珊。不挽留，不强求，笔下留秋，游弋在字里行间，秋景幻翼，犹如追逐纯洁的梦境。

此情，此景，此时，美在玉树。

玉树美，入秋时牦牛正当壮实，精力充沛，互相斗力，牛角划破天空。

玉树美，入秋时绵羊正当肥实，活力跳跃咩咩，云朵羡慕洁白肥美。

玉树美，入秋时青稞一片金黄，麦穗沉甸，就等着用双手捧回家。

暖阳照身，高原天净。微有凉感，只是临近冬始。

《湖南文学》发表

在心里养一朵云，放飞

追着云彩，
云，你从何而来，你要去哪里？
稍停歇，你的无忧自在，
也是我心灵的所向。

青藏高原。天空，湛蓝的纯色，拥有着大海最蔚蓝处的宽广，也拥有着彩虹最浅蓝处的清晰，还借了画匠手中最亮丽的蓝色颜料，渲染了蓝天。而这一切就是为了，白昼的绚丽和黑夜的深邃。把高原的山水美化到极致，传唱得神秘而高远。

就在这湛蓝的天空间，在高山盘绕的山顶上，有一种灵物，她很柔软，她很轻盈，她又有些任性。把一切秀美、简洁、自由的词全用来描述她都不过分。她存活于湛蓝的天空间，昼日时，在太阳的温暖下，漫无边际地游玩，停留，跑远，消失，无忧自在。

夜晚，在月亮和星星的陪伴下，安静，放松，休眠。她没有抱怨心里装着满满的幸福，她知道月亮、太阳、星星，对她的付出，哪怕是阴天时一丝光束，漆黑夜里一点月影，都给予希望，云能感受得到，她庆幸身边有他们的陪伴，这一切都是最好的安排。

云爱上山，不是故意的。

春季，云朵滴水岑，润山头。

冬季，云变成一层雪迹，覆盖于山顶，

无意的接触，从此的默默守候，

依偎在山顶，四季不化，百年不变。

他们的相拥叫，雪山。

雪域高原。蓝天，依旧蓝得纯粹，云在深蓝的底色上，随意作画，美妙得那么生动，那么有趣。原本想勾勒出美妙的云景，却难料风的随意干扰，搅乱了云，索性将整个蓝天涂白，不留一点死角，整个天空都泛白，眼帘中一切景物白茫，是云在作祟。

意犹未尽，云再次润了润笔，画两个孩童把太阳当成了皮球，一个在东山踢出，一个在西山等待接应。画一个姑娘，太阳变成了炫目的镜子，含蓄地低了头，隐约能感觉她的柔美。画一件盛装藏袍，彩虹做裙边，晚霞做衣领，把最长的云带做袖子，是否有一种穿上它撒开手臂狂舞一段的冲动？夜里，绘一条乌龙，月亮成了龙珠，从乌龙口中蹿出，乌龙在夜中起伏跌宕一直追逐。

到深夜，云才把笔收了起来。

每一幅画，每场美景，尽收眼底。美妙就在那里，就等待用心去发现，即便是一朵云。仔细端详，云可能是女的，她会与山恋爱。

心里养一朵云，放飞。

用纯洁的心，向天空借一朵云，

养在心里，爱护她，任她哭、任她生气、
任她惹怒雷、赶走风，
任她在心胸里慢慢成长，别强留。

青藏，雪域，高原。天空干净，亲近太阳，神秘高远。爱仰望天空的人，并非惆怅，心里多有一份纯净，就如心里从未有世俗尘埃的沾染。

四季如画，山在盘绕，城居中央，云在缭绕。

清晨，云和晨阳把天染成鱼肚白。晌午，云和太阳把天照成艳阳。傍晚，云和夕阳把西山云际浑然成霞光。

每天、每季、每年都是一幅不重样的美景。那么就有理由相信每天都是一个新的开始，云做证。

依旧湛蓝的天空，云朵形单影只，悬在空中停泊，静静的，轻轻的，湿漉漉的。她就在高原的天空，变幻莫测，翻云覆雨，是随意的，是多变的，更显悠闲。

青藏高原的蓝，是纯净的天，有优美的云。

用一个宽广的心胸，如同天空一样宽广的心胸里，养一朵云，不对她抱怨，不对她指责，不对她嘲讽，更不对她污染。让她慢慢地成长。慢慢地，慢慢地，放飞。最终，她只属于纯净的天空。

中国散文网发表

远行，通向故乡另一种梦境

日月记忆

亘古以来，太阳和月亮是故乡恒定不变的过客。它们像是对故乡许下了忠诚的誓言，赐予着故乡白昼与黑夜，不厌倦地交替。任故乡的人们演绎新人新事，几经流年过后，那些鲜活的生命，在故乡流去的年轮中，恍如淡淡地写下了一段段生命的延续，终了。

和祖辈一样，日月也在我们的头顶上日新月异划过，并不干涉祖辈们世代用生命所撰写的故事。祖辈们生长在牦牛背上，撰写着游牧民族的故事，太阳和月亮只是一页，一夜，翻阅。世世代代陈旧的、新鲜的尸骨描绘着每个故乡的故事，写入故乡故事里的一段一句。每个远去和终老在故乡的人，在日月之间显得轻描淡写。山腰的古刹些许残存着故乡破碎的记忆。一个从小出家的老僧人，圆寂在了山脚的小庙宇里。他曾用有限的生命仰望了无数次日出日落，划过他头顶上的山群，伫立山坳，眼球映射凹镜山峦。

岫之山，林之水

恒久不变，太阳雕琢着每一个故乡的山水，月亮将它打磨得有棱有角。日月从来都是公平的，只是地面呈现出起伏。日明月亮，山清、水秀，林箐中阳光营造着隐士恻隐之心。

雪山之巅阳光洒下白芒一片荒凉、狂野。这是日的杰作，也是月的玄妙。

月之玄妙将故乡柔柔地打磨圆润，凌空、深邃、神秘、幽暗。而忠诚仰望每个故乡日月星辰的只有静静安眠的尸骨。人心无疑是随着故乡的变化而动摇，不免滋生出离开故乡的乡愁。离别故乡的距离越远，回忆故乡的惆怅就越浓。

我的确没有忘记小时候要离开故乡的梦。

长大，能远行而被乡愁所牵绊。故乡不只是在山谷里，这里的每座山都有圣洁的名字。如，岫之山。最长山脉巴颜喀拉山仰望最高山峰珠穆朗玛。

的确，我洗澡的次数并不多，是在高原。我没有遵循祖辈赤膀沐浴强烈阳光的习俗。长江、黄河、澜沧江之源，流淌在身边。年幼时，我蹚过其中一条江的一个支流。也许是汇入了雪山的积水，三江之水，生硬，清澈，有重量。是酿成青稞酒粘稠的魂。我们世代爱护敬畏。

转山转水，是一种夙愿，是山里人的夙愿。清晰地记得，低海拔的一个古村落里，粉墙黛瓦，淡雾萦绕。清雅的雾气缭绕低沉，葱郁绿植勾勒远景白素，阡陌间农耕气息。平淡白雾茫茫隐含文雅，银水若善清净倒影，深山幽谷回眸，水质细腻，轻盈，依山傍水缓流。雪山冰水，地下涌泉。林之水，区域一方，好山水。

春风会在故乡的草原上轻飘野花芳香，小花瓣簇拥染成一片片缤纷。寒冬里高原某个洞穴内入眠了一只晚睡的棕熊。山顶覆盖层层玉质般的雪花，就像细碎的云朵粉末落满在山顶。像磨碎的糌粑粉堆在山顶，钟爱故乡高原雪迹，雪莲花独自守望。

远行，伫立异地。难免惆怅故乡圆月不比他乡的月圆。因为我们同我们的祖辈一样，世世代代生活在海拔三千七百米以上的高原，这里干冷。而这就像是站在生命的至高点上，用生命热爱这青藏高原的壮美和雪山的巍峨。

远　行

我从故乡的冰川冻土走来，步入了四季如春的异乡杨柳下。杨柳青青，我心思念，回味雪山一丝寒意。四季仿佛偏心，给异乡富裕的春景。观望这里的人们，围坐木质的小茶馆，三三两两饮茶。四人凑成一桌麻将，闲聊一碟野菜鲜美的烹饪方法。无暇顾及远道而来的我。我是带着雪山的寒气，穿着臃肿，观察着他们的悠闲。我是闯不进他们的生活里，我是一个远行的人，是过客。洞悉着他乡生活的边缘，我无法闯入，不能扰乱他们。

继续远行，真的未曾见识过。一座山，两重天。山脚幽绿，山顶积雪。浓浓云层，萦绕山顶与山脚间，仿佛隔开了春与冬。

恍如隔世，犹如进入梦境。一山，四季。一日，一世。生命原来如此短暂，就像将寿命缩短在此刻。才知道我带着故乡的梦闯进了异乡的梦里，也许我从未醒过。生命不在故乡耗尽，就在他乡消磨。

故乡梦

我的故乡有雪山，我长期嗅着雪山的味道。寒冬时，吸进肺里几丝寒气、几丝甘甜，是掺杂着雪莲花的凉意清馨。嗅得一股冰凉，一缕清淡。

那头雪山撒上雪莲花的味道，耸立在大山蜿蜒中。犹如碗中拌着糌粑粉堆。

远眺，积雪覆盖得并不均匀，山顶边沿荒芜山脊裸露岩土，又能嗅到凄凉的尘土的味道。这味道接近于我小时候嗅过的牛粪晒干后的味道，太熟悉了。

山里漫步的牦牛，青草咀嚼在牙槽里磨碎送至牛胃里反复揉捏，变成草之糟粕，也就是牛粪。牛粪晒干后，在土灶内生火，会在黑帐篷内升起袅袅炊烟，煮沸了几壶奶茶，热腾了牧民几段寒暄，最后升腾成洁净云朵。擦净了浅蓝的天空，天空透出微弱的蓝，透出雪山白皙的轮廓，将山脊行走之人的影子放大到天际。

世世代代的人，也许做着离别故乡的梦，可在遥远的梦境里，深邃海洋中鲸鱼血盆大口吸进鱼群，红岩石雕塑的大佛被风侵蚀。沉睡在故乡却清晰地醒在异乡的梦里。清醒时才发现，是一个从未走出大山的老人，悲怜吞噬生命的残忍，风化雕像的痛惜。

人离开世间一刹那，离开故乡一回眸，才恍然看清。远行，通向故乡另一种梦境。

《民族作家杂志》微刊发表

暖冬

新城

今年的雪比往年任何冬季下得都要吝啬。

对一个多虑的老头来说，便多了几种猜测。明年草山不肥牲口体形不彪，担忧囤积洪灾要不闹干旱，再者气候势必遭到人为破坏。他嘴里念叨的碎语总伴随着六字真言，熟练地拨着一颗颗念珠，在额头紧缩的皱纹陪伴下，忧心忡忡晒着午后光景。

阳光充实着新城每处沟坎。空气干冷，只有说话时呼出的白气，隐约能慰藉雪在这个冬季少量出现。一切物种都身显慵懒，城市四周的山荒凉地躺着，连同大地在冬季犹如停止运作。

这座城遭受了一次惨痛的地震，原本具有特色的夯土垒石房屋夺取了不少性命，地震对这座城市无疑是一次灭顶之灾，颠覆这座城的原样。灾难后有人因失去亲人而痛不欲生，也有人因失去财物而沮丧万分。但多数活着的人都能正视生命的无常，不再视物如命，珍惜生存有幸，愿意将一颗玛瑙兑换成一笔钱财，消遣几年大方生活。

在国家和八方援助之下灾后重建，城市面貌翻天覆地确实赶超了将近二十多年的面貌。但多数人口口声声说，不愿意失去那么多人的性命换得现有这座美观的新城，这是一种无用而善良的悼念。

新城由水泥和玻璃窗构成高楼，每条大道小巷都充足灌满水泥。整座新城就像一块完整的石板，裸露在太阳下。新城四周山麓没有任何雪迹，就连浅浅的寒霜都没有，远处的山顶上倒是涂了一层淡淡的白霜。新建楼房设有暖气，厨房自来水顺手，厕所就在卧室对面。比起独门独院的老房子省去了不少繁琐杂活，不用挑水，不用在屋外暴露屁股解手。住在独门独院的家庭意欲住进楼房，尤其是家庭主妇们的希望更迫切，因为妇女们承担着家里打扫、煮饭、照看老人、照顾孩子等杂活。

时过境迁，有些事态貌似没有变过，早些时间住在黑帐篷里的妇女们，每日重复着生土灶、煮肉、打奶茶、炼奶酪、放牛羊、挤牛奶、背水、搓毛毡的动作，过着简单而淳朴的生活，日复一日平淡地活着。

老人因为这场变故，放弃田中耕作，迁入城里，不免有些手足无措，像是舍弃了生命中值得依托的一部分。他从未打算过，如若某日离开了田的生活还能做些什么。老人总不会规划太远的事情，生命无常早已让他顾眼前，得过且过。自己将会拖着逐日生硬的关节，吱吱作响踉跄跌进另外一种田地。年岁终不会怜悯任何人，不动声色地添加衰老。掏空记忆，时间的秤砣压弯了脊椎。

老人最终加固已有观念离世，不愿意尝试喝口咖啡。老人还觉得祖先后人并未迁尽，从套进藏袍到穿着轻便衣服，从挨家挨户的土木房迁入耸云高楼房内。面貌不同，血统流传。土地依旧，一样地繁衍，一切周而复始，活法如出一辙。

回 忆

太阳在天空挪了一段位置，老人还坐在原地。

久坐的身体略显沉重，坐在石头上背倚靠着墙直到调整好舒适姿势，接下来他感觉，身上的骨架都松懈了，关节都脱节了，瘫坐着不想起身。上身压着臀部开始塌陷在石头上。

老人回忆，年轻时强健的身体默默忍受过不少病痛，宰杀过牦牛、绵羊后用它们紧致的肉质补充了老人强劲空荡的胃，可壮实的身体最终还是被岁月所削弱。

“就让衰老的身体不听使唤瘫躺一次，毕竟年轻时强健的身体干过不少重活，落得现在笨拙迟钝的身体也是情有可原。”老人心想。那么眼下我即便有亩田，我还能劳作吗？还能耕田吗？花斑的母牦牛还在的话或能行。可老人想到花斑的母牦牛，显得丧气。在搬入城市前，田上交大队。将花斑母牛变卖。现难测它紧致的牛肉已经填充了别人的胃。老人开始念经，此时段里念的经，是为了花斑母牦牛。

老人只敢回忆它身上的花斑和耕田时拉犁的猛劲，尤其是在老人用枝条抽打花斑母牛的尾部时。老人在花斑母牛的哞声下翻起土里的大石块。在田里划出一道道清晰的纹理，纹理一道又一道刻画排列，像是计算他们在田间少去的日子。老人斜眼望着水泥路面说道：“还好不用去耕这坚硬的水泥路，我和花斑母牛的力量总是会殆尽的。”这句话像是老人有意躲避什么事情。

再接下来，老人就不敢也不忍延长想象，揣摩母牦牛变卖后的下落。他念诵的经文与对花斑母牛的记忆和歉意揉成一团，顺着仰头目送天空。

天空慢悠悠地收走了几团云，老人是不会辜负今年冬季里少有的暖阳。无风、阳光、悠闲、放松、回忆还有念珠都具备了，也就具备了老人开始哼唱小曲的心情。他努力追忆着年少农作时和长者们哼的调子。此时老人哼着哼着怎么也哼不出完整的调子，一次一次地起头重唱，可一次比一次更含糊。这种情形在老人地震后把农田卖掉住进城前，最后一次在田间哼唱时就已经出现过。现在竟断断续续的，若有若无的，近乎忘却。

老人屏气了一会儿，突然精神振作了起来。他想起来，田中的调子，是在割麦和打麦时才唱的。耕耘播种直到收获，无疑会让那些嗓音好的人，大声地唱了出来。唱出的田中调子，缓缓起头。丝丝入扣，轻快得意。和着镰刀割断青稞脚茎的瞬间哗哗，和着挥动的木棒击打在青稞麦穗上时清脆的嘭嘭。此时，老人在不知不觉轻轻地哼出了完整的调子。他只是未察觉到。

是刻意的，老人并不想在封尘记忆中，寻找农耕时人们共同合唱的调子。他害怕寻找调子而翻乱了记忆往事，也会翻出一些触及他的痛苦经历，更害怕会巩固以前挨饿时从驻扎的军马排泄的粪球里，挑拣未消化的玉米粒来吃的记忆。有时顾不上清洗在手指间将玉米粒搓干净嚼着吃，有时会在河水里清洗一下，但粪便的味道洗几次都难以消除，在牙槽里嚼碎时就有感觉余留在舌根下。老人闭着眼睛从鼻子呼出长长的气，于是继续喃喃着念诵经文，拨着佛珠。除了舍弃农作物的技能，现在只剩熟练地拨念珠这唯一让他认为信手拈来的宽慰。

风是带着寒意，但没忍心吹在老人身上，怕会夺走一个老人享受悠闲的时光，被风吹到身上感到寒冷而中断一个老人的回忆。

他年轻时勤快老实，在社团一起干活时，总让他保管食物，掌控给大家分配食物的权力，在那年代分好大锅饭给每个社员极不易，需要得到大家公认。认可他、证实他老实的本性，才能管理伙食。就因他憨实的本性，他女人的父母，作为评判将女儿的终生托付给他，由此断定女儿会幸福。在他看来这是自己有福分，娶得愿跟随他的女人。因他知道田里劳作艰辛，这个女人从此要与他，与田生活。

劳作时，他总分给自己最多的一份，任劳任怨的性格总会背负多余重活，腰带勒得比别人的更紧。割完自家麦田还会帮别家割麦。有一次割麦太晚一时劳累不慎划到了自己的手背，他只是用撕下来的衣布条缠住手背，直到布条和伤口上流出的血凝固成一块结实的固体后，才抠掉布条，现在伤口忠诚地伴随着老人，已变成他手上的一部分，结结实实地附着在他暗淡褶皱的手背上。

老人的记忆有些杂乱浑浊，有些则清晰难忘，经历过的记忆多多少少能拼凑。但有些经历他刻意不愿想起，那时身边有些人冲动地做了一些愚蠢的事情，那年守本分的老人却没有人云亦云，缺少物资的那个时候物是人非。他也未曾偷窃别家的青稞，充自家青稞麦上缴大队的数目。那些狡猾的人现在对他们只剩一些道说的闲言，但都已到暮年也就不再计较。但老伤疤却提醒着老人有些事难忘却。他经历的磨难在子女们面前极少次数念叨过，顶多换来子女安慰老人的几句敷衍言辞，对于过上优渥生活的子女们来说，没有经历那个时代的磨难，没赶上那个闹饥荒的时代，自然听得有些乏味。回望老人的经历，就不难理解老人拥有的多虑心态。

慢慢地老人眼睛有些惺忪，上眼皮微微地垂了下来，像是要入睡，他把所有的记忆和思考全放松在似睡非睡的眼皮底下，让神志游离到身体内某处空旷的、冷落的、暗黑的角落里。

信　仰

老人口腔里的口水差点从嘴角溢出时，就被邻居家突然传来的吵闹声扽过神来。

老人吞尽口水，脸上皱纹缩得更深，眼睛里带着烦躁神情望向吵闹的邻居家。这种吵闹声老人听过不止一两次，听到邻居家的女儿哭闹着与家人顶嘴，每次与家人吵架都是为了维护她自己的家庭。老人心里开始同情那个女儿，自语道："不管怎么说，她都生了孩子不应该再拆散了。"邻居家的女儿从另外一个县回家没安住两天就和父母吵架又要离开家了。

邻居家的女儿心里自责，无奈、失望塞满了她的心里，号啕大哭狼狈不堪。柔软的女人一面是与家人断绝关系的悲痛，一面是与她丈夫和孩子离散的苦痛。原因是男人与女人所信奉的宗教教派不一。每次她离家，与其说是离家出走，倒不如说是被家人逐出家门，只得去找住在外县的丈夫和孩子。她一颗悬着的心，不管住哪一端对另一段的牵挂和痛惜都是让她痛不欲生。她如若妥协一方，那另一方则会认为背离自家虔诚的教派，从而会断绝关系以至于反目成仇，可两端都是自己的亲人。两方各自对自家信奉的教派是根深蒂固不会动摇。女人想融合两方的思想共识或接纳相互的教派是不可能的了。尽管女人每次都在努力，尽管女人在外地学习受过教育，即便年轻的女人成为人母。可她丈夫与自己的家人固执信奉的教派是她流多少眼泪，受多少分离痛楚都不可能调和妥协的，至少在她身上在这个家庭里是改变不了的。

老人左右挪了挪臀部，语气长叹地说道："受罪呀，倒不如你们母子和丈夫三人，寻亩良田远离各自家庭，独自活口去呢。把信仰就各自藏在心底吧。”

回 家

老人和老伴，还有两个女儿，提着大包小包回到原来的院子。

已经忍耐了一天的风，现在已经不再顾及什么，铆足了劲，吹拂大街小巷的高楼和平房，吹拂新城的每座山，吹响了每座山厚重的心声，就像是大山在用粗犷的声音发出鼻息。云朵也开始接近太阳取暖，顺便送太阳到西山后头。河流缓流处薄冰结片，河中间漂浮了一些饮料瓶、纸盒，还有塑料袋。

老人被母女三个扶着走进院子里，老人脸上展开眉头皱纹放松说道：“过年的年货都买齐了吧？越接近过年的日子大多数经营商场的和饭店的人都会关门离开这里，本地的多数人也会离开这里去其他城市过冬，往后东西就难买全。”

老人站在院中伸腰继续说道：“央措你放东西生火去，多续点煤块，牛粪不耐烧。央金你帮妈妈把这些东西拎进屋，我要撒尿，你们忙去吧！”两个女孩就像她们的名字一样美丽温顺。老人走到院子的墙角在迟缓的动作下留下一道臊气，一丝土和尿交融的热气让老人触及以前在田里施肥的场景。从味觉到感官转换，有时味道也会是一种记忆。老人心里打算，在院子的四处角落里种一些青稞。他又仰起头看着逐渐进入日暮的天空说道：“今年的冬天下雪次数少得异常，暖和，老天到底想干吗？难道全世界的冬天都变暖了？”

老人尽管年迈体弱，但他身上确实有一股力量。进了屋内，他弱弱的体温能温暖房屋，他暗淡黝黑的脸庞，却能亮堂屋子。

老人站在屋内大声说："我没田可种，并非一无是处。我还能念经，更能给你们讲故事，讲以前的故事。"两个女儿并未理会父亲，各忙各的。央措挽了挽藏袍的袖子，双手将藏袍压于双膝，轻轻蹲下生火。央金则是将一只胳膊从藏袍中露出，把耳朵前面的发丝往耳朵后面一别，向父亲努了努嘴，张罗着晚饭。

"家里虽没有山珍享用，你倒是能安心地睡个饱觉呀！"终于老伴接了老人的茬。

炉灶里散发着点燃纸盒的青烟。屋内积蓄了温暖对话。院外渐渐打开黑夜的帷幕，雪轻轻飘落，给大街小巷的高楼和平房，给破旧的院子，给新城的每座山盖上白的毯子。

《河池文学》发表

图书在版编目（CIP）数据

嫛的末路 / 元旦达吉著. -- 北京 : 作家出版社, 2020. 5（2023.1重印）
（康巴作家群书系 · 第五辑）
ISBN 978-7-5212-0341-7

Ⅰ. ①嫛… Ⅱ. ①元… Ⅲ. ①小说集 - 中国 - 当代 ②散文集 - 中国 - 当代 Ⅳ. ①I217.2

中国版本图书馆CIP数据核字（2019）第006443号

嫛的末路

作　　者：元旦达吉
责任编辑：李亚梓
装帧设计：翟跃飞
出版发行：作家出版社有限公司
社　　址：北京农展馆南里10号　　**邮　　编**：100125
电话传真：86-10-65067186（发行中心及邮购部）
86-10-65004079（总编室）
E-mail:zuojia@zuojia.net.cn
http://www.zuojiachubanshe.com
印　　刷：中煤（北京）印务有限公司
成品尺寸：152×230
字　　数：122千
印　　张：10.75
版　　次：2020年5月第1版
印　　次：2023年1月第2次印刷
ISBN 978-7-5212-0341-7
定　　价：38.00元